WC BOOK 2022

SAND

Rédaction : Pascal Petiot et Tetiana Petiot

Dépôt légal : 3e trimestre 2021 © Sand, 2021
ISBN : 978-2-7107-8965-9
Imprimé en juillet 2021 sur les presses de l'imprimerie Grafica Veneta, Trebaseleghe (Italie).

WC BOOK

D'après une idée originale de Pascal PETIOT

Responsable éditorial :
Pascal PETIOT

Illustrations originales : Ah !
Couverture : Sabine Nourrit
Pictogrammes : Ah ! et Sabine Nourrit

Remerciements au site
www.maviedefemme.com

WC BOOK
2022

C'est quoi, les *feedees* ?

Quel est ce nouveau concept qu'on appelle le « feederisme » ? C'est tout simplement : aimer grossir ! Les personnes adeptes de cette pratique se nomment les « feedees » et s'inscrivent sur un forum pour trouver des personnes qui, comme elles, veulent prendre du poids par plaisir. Plus critique : certaines (les *feeders*) poussent les gens à manger, quitte à les rendre… obèses ! Les *feedees* se donnent même des conseils pour prendre du poids. Attention donc au tournant que cela peut prendre.

Humour

Pourquoi la calvitie n'est-elle pas une maladie grave ?

Parce qu'il n'y a jamais de rechute.

QUIZ

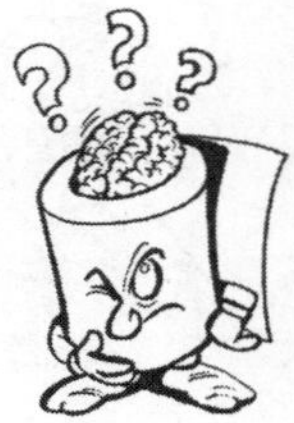

Comment s'appelait le groupe du chanteur français Manu Chao, avant sa carrière solo ?

a. Mezquita
b. Jarabe de Palo
c. Mano Negra
d. Mecano

Solution : c. Mano Negra, actif entre 1987 et 1994.

« Verveine !

– Non, Camomille !

– Pas du tout ! C'est tilleul ! »

Querelles par tisanes…

DE QUOI EST COMPOSÉ LE PRODUIT UTILISÉ POUR LES DOULEURS DES JOUEURS DE FOOT POUR QU'ILS SE RELÈVENT AUSSI VITE ?

POURQUOI, LORSQUE L'ON CHERCHE DE LA MUSIQUE SUR DES STATIONS RADIO, AU MOMENT OÙ ON TOMBE SUR UNE CHANSON QU'ON AIME BEAUCOUP, C'EST TOUJOURS QUAND ELLE SE TERMINE ?

PEUT-ON SE VANTER D'ÊTRE MODESTE ?

Le saviez-vous ?

Les toutes premières fois

Voici une liste de quelques toutes premières fois allant de la fin du XVIIe au début du XXIe siècle :

- 25 avril 1792 : première exécution à la guillotine.
- Juillet 1808 : premier baccalauréat.
- 1er octobre 1829 : premier voyage d'une locomotive à vapeur pour le chemin de fer.
- 14 juillet 1880 : premier 14 juillet comme fête nationale.
- 6 juillet 1885 : première vaccination contre la rage pratiquée par Pasteur.
- 28 décembre 1895 : première séance cinématographique payante par les frères Lumière.
- 27 mars 1899 : premier télégramme transmis par TSF à travers la Manche.
- 19 juillet 1900 : première ligne du métro parisien inaugurée.
- 10 décembre 1901 : première cérémonie de remise des prix Nobel.
- 24 octobre 1902 : premier criminel confondu grâce aux empreintes digitales, procédé mis au point par Alphonse Bertillon.
- 1er juillet 1903 : première étape du Tour de France.
- 21 décembre 1903 : première attribution du prix Goncourt.
- 24 décembre 1921 : premier bulletin météorologique lors de la première émission radiophonique en France.
- 5 mai 1923 : premier feu rouge parisien installé (au croisement des boulevards Saint-Denis et Sébastopol).

Le saviez-vous ?

- 26 février 1925 : première grille française de mots croisés publiée dans la presse (dans *L'Excelsior*).
- 26 avril 1935 : première émission officielle de la télévision française.
- 23 juin 1946 : premier bikini.
- 25-26 décembre 1952 : première tentative de greffe du rein à partir d'un donneur vivant.
- 9 février 1953 : premier livre de poche édité (*Kœnigsmark* de Pierre Benoit, initialement paru en 1918).
- 22 janvier 1954 : premier tiercé (disputé à Enghien).
- Novembre 1956 : première vignette automobile.
- 27 avril 1968 : première greffe cardiaque réalisée en Europe.
- 6 mars 1980 : première femme à l'Académie française : Marguerite Yourcenar.
- Novembre 2006 : première parution du *WC Book*, historique !

Humour

James Bond, Robin des Bois et Rambo veulent organiser entre eux un concours de tir.

Ils prennent un passant au hasard, le plaquent contre le mur et lui mettent une pomme sur la tête.

James Bond est le premier à tirer : la pomme explose et le gars est sain et sauf. En soufflant la fumée du canon, il dit :

« Bond, James Bond. »

Robin des Bois lui succède au tir. Il vise, tend son arc et décoche une flèche, qui se plante en plein milieu de la pomme !

Il déclare à son tour :

« Bois, Robin des Bois. »

Puis vient le tour de Rambo. Il dégaine deux mitrailleuses et se met à tirer frénétiquement. La pomme et la tête du gars explosent !

Il lâche, dépité :

« Sorry, fuckin'sorry… »

À quelle vitesse dois-je caresser mon ou ma partenaire pour lui donner le plus de plaisir ?

Des chercheurs de l'université de Liverpool, en Angleterre, ont réussi à déterminer la vitesse à laquelle la peau de l'avant-bras doit être caressée pour dispenser le plaisir (et diminuer le stress chez les malades). Selon eux, elle se prodigue entre 3 et 5 cm/s. La peau est dotée d'une panoplie de terminaisons nerveuses : certaines servent à détecter le froid ; d'autres sont dédiées au toucher détaillé ; d'autres encore sont destinées au contact avec autrui. Ces dernières envoient leurs signaux au cerveau plus lentement, ce qui fait naître progressivement la sensation de plaisir.

Aller tôt au lit, c'est mieux !

Les couche-tard sont plus sujets à des maladies cardiovasculaires, des symptômes psychiatriques ou du diabète. Une étude faite sur des volontaires âgés entre 36 et 79 ans, qui étaient soit du soir soit du matin, a prouvé que les noctambules ont un risque de décès 10 % plus élevé que la moyenne. Cela pourrait s'expliquer par un décalage permanent avec leur rythme biologique ou des comportements nocturnes néfastes (nicotine, alcool, etc.). On ne le dira jamais assez : l'avenir appartient à ceux qui se lèvent tôt !

Charade

Mon **premier** est
INCORRECTEMENT au pluriel,
Mon **second** est après le **S**,
Vous **MARCHEZ** sur mon **troisième**,
Mon **quatrième** n'aime pas la **VÉRITÉ**,
Mon **cinquième** est une jeune
CHANTEUSE,
Mon **sixième** est la tête de « **BELLE** ».
Mon **tout** l'utilisa à des **FINS** détournées.

Solution : Uns-T-rue-ment-Tal-Isa (Instrumentalisa).

CARRÉ MAGIQUE

FACILE

Obtenez la somme de **15** sur toutes les lignes horizontales et verticales !

4		
	1	5
		7

Solution page 601

Un policier contrôle un musicien qui jouait sans autorisation à la station de métro Odéon :

« Vous savez pourtant qu'il vous faut absolument la validation de la RATP pour jouer ici !

– Euh… je ne savais pas…

– Bien ! Accompagnez-moi, s'il vous plaît !

– D'accord ! Que voulez-vous chanter ? »

Beurk l'éponge !

D'après une étude allemande, chaque centimètre cube d'une anodine éponge de cuisine contient des millions de germes. La majorité de ces micro-organismes sont inoffensifs, mais certains sont potentiellement pathogènes. Telles les entérobactéries, généralement responsables d'infections intestinales. Mieux vaut changer d'éponge toutes les semaines !

Quelle est la devise des infirmières ?

Je panse, donc j'essuie.

Le saviez-vous ?

Le dernier road trip de Johnny Hallyday

Un an avant son décès en 2017, Johnny Hallyday avait effectué un dernier périple à moto aux États-Unis, entouré de quelques amis dont Pierre Billon et Maxim Nucci. Ses fans devraient être ravis puisqu'un film a été réalisé pour l'occasion. Chose étonnante : Maxim Nucci n'apparaît pas dans la version finale du film ! Bien qu'il ait été très proche du chanteur, il a préféré être effacé du montage final, car il avait donné beaucoup de son temps pour le titre posthume et avait besoin de tourner la page. Il explique que Johnny Hallyday ne s'est jamais plaint lors de l'enregistrement de son ultime disque alors qu'il était déjà très malade. Maxim Nucci avait quant à lui eu énormément de mal à réaliser l'album après la disparition du chanteur. Il en a beaucoup souffert : « C'était très pénible. Je n'aurais jamais pensé vivre quelque chose d'aussi difficile en faisant de la musique », avait-il déclaré.

Fake langue

Contrairement à ce que l'on voit dans *Jurassic World* (2015), la langue des tyrannosaures reste collée au palais lorsqu'ils ouvrent la gueule ! Comme les crocodiles, ils ne peuvent pas sortir la langue et seules les espèces volantes, comme le ptérosaure, possèdent une ossature proche de celles des oiseaux actuels. Et eux, ils peuvent tirer la langue !

LABYRINTHE

FACILE

JEUX

TROUVEZ LES 2 MASQUES IDENTIQUES

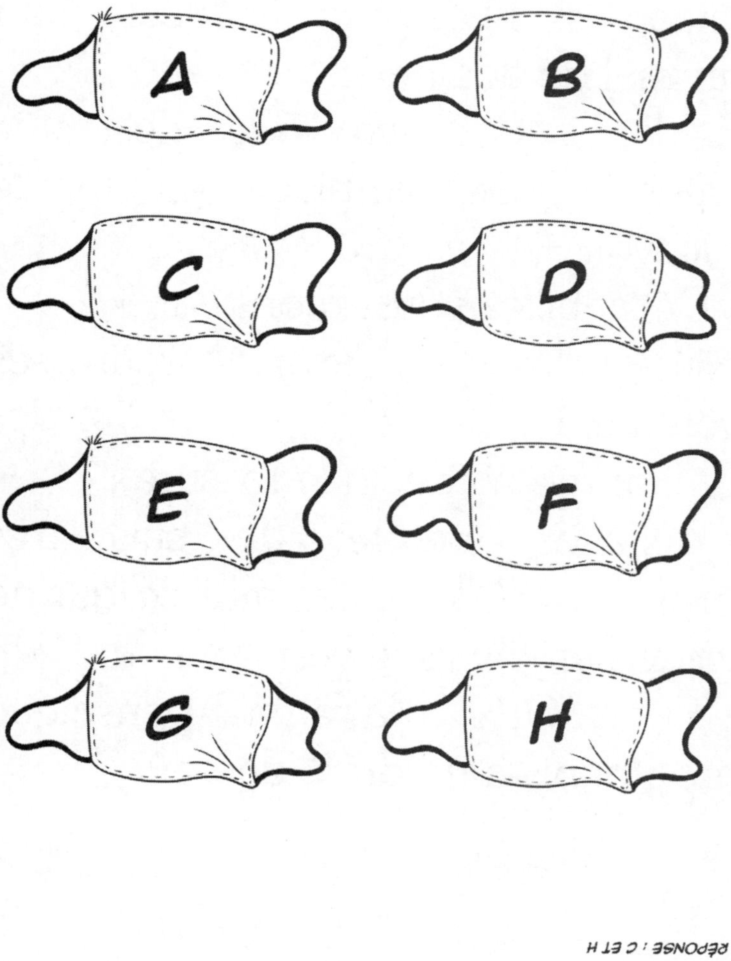

RÉPONSE : C ET H

Nico se rend chez son médecin pour un mal de dos persistant.

Et là, il découvre que c'est une jeune (et jolie) remplaçante qui va le recevoir :

« Déshabillez-vous, monsieur. »

Nico, un peu embarrassé, retire ses vêtements.

La femme médecin le rassure :

« N'ayez crainte. Je suis très professionnelle. Dites-moi ce qui ne va pas et je vais le vérifier.

– Euh… OK… Ma femme pense que mon pénis a un drôle de goût… »

SUDOKU

FACILE

	2		7					
		5						7
7		8	9	2		6	1	3
2		3			7		8	6
4			5		3			9
8	7		1			5		4
3	6	4		1	9	8		5
1						3		
					4		6	

Solution page 612

Lors d'un tournoi chevaleresque, un homme et son fils sont deux candidats en lice. Une lance atteint le père qui meurt sur-le-champ. Le fils est également blessé et transporté aussitôt dans une tente. Le docteur qui prend en charge les blessés se penche sur la civière et crie : « Mon Dieu ! C'est mon fils ! »

Comment est-ce possible ?

Solution : Le docteur est sa mère.

Devant l'étalage d'un primeur, un client demande au vendeur:
« Dites-moi, vos oranges viennent de France ou bien de l'étranger ?
– Pourquoi ? C'est pour manger ou discuter avec ??? »

Un petit calcul et on s'en va !

UN PETIT CALVA ET ON S'ENCULE !

Les plantes possèdent un genre de niveau à bulle permettant de pousser toujours droit, à la verticale.

Lors d'un safari privé d'un couple, le guide demande au mari, chasseur :

« Si votre femme se fait enlever par un gorille, que devez-vous faire ?

– Rien du tout ! répond-il. C'est à lui de se sortir des emmerdes dans lesquelles il s'est fourré ! »

Combien y a-t-il d'étoiles dans le ciel ?

Les astronomes grecs Hipparque (vers 127 avant J.-C.) et Ptolémée (vers 137 après J.-C.) ont recensé plus de **1 000 étoiles** dans le ciel. Comme les jumelles et les télescopes n'existaient pas, seules les étoiles visibles à l'œil nu étaient répertoriées. Par la suite, on recense environ **6 000 étoiles** visibles à l'œil nu, une moitié depuis l'hémisphère nord, l'autre depuis l'hémisphère sud. Mais cela ne constitue qu'une infime partie des étoiles existantes : dans leur immense majorité, elles sont soit trop petites, soit trop éloignées, etc. Avec de bonnes jumelles, on peut en voir jusqu'à **100 000** et, avec les meilleurs télescopes, jusqu'à **17 millions**. Mais on estime que notre galaxie compte, en réalité, **200 milliards d'étoiles** et qu'il y a **100 milliards de galaxies** dans l'Univers...

QUI EST L'INTRUS ?

MONTEVIDEO

BUENOS AIRES

QUITO

LIMA

BOGOTA

RIO DE JANIERO

SANTIAGO

Solution : Rio de Janeiro n'est pas la capitale du pays, contrairement à toutes les villes de la liste (Montevideo : Uruguay ; Buenos Aires : Argentine ; Quito : Équateur ; Lima : Pérou ; Bogota : Colombie ; Santiago : Chili). Depuis 1960, la capitale brésilienne est Brasília (qui comptait alors 120 000 habitants seulement), succédant à Salvador de Bahia, la première capitale du Brésil.

ON N'ENTEND PLUS PARLER DE LA TECKTONIK. EST-CE QUE LE RIDICULE TUE FINALEMENT ?

COMMENT DEVIENT-ON HABITUÉ D'UNE DISCOTHÈQUE QUI NE NOUS LAISSE JAMAIS RENTRER, CAR SEULS LES HABITUÉS Y RENTRENT ?

POURQUOI, LORSQUE L'ON DEMANDE À QUELQU'UN DE NE PAS SE RETOURNER, IL S'EMPRESSE DE LE FAIRE ?

JEUX

MOTS MÊLÉS

Arbres commençant par A

Saurez-vous retrouver chacun des mots cachés dans ce tableau ?

Les mots peuvent être écrits horizontalement, verticalement, en diagonale ou à l'envers.

Mots à trouver :

1) ABRICOTIER
2) ACACIA
3) ACAJOU
4) ACEROLA
5) ACOKANTHERA
6) ADENIA
7) AGAVE
8) AILANTE
9) ALBIZIA
10) AMORPHA
11) ANACARDIER
12) APOROCACTUS
13) ARAUCARIA
14) ARBOUSIER
15) ARGOUSIER
16) AUBEPINE
17) AUCUBA
18) AZEROLIER

JEUX

A	X	A	P	O	R	O	C	A	C	T	U	S	O	A	I	C	A	C	A
Z	H	G	F	O	Q	L	L	A	G	A	V	E	T	Z	Ç	R	W	O	M
T	N	P	M	Y	X	O	H	S	K	E	N	L	A	D	E	N	I	A	E
C	G	K	R	M	S	R	R	E	P	X	Q	X	V	I	O	I	A	X	A
G	F	D	Q	O	B	B	F	E	V	Ç	S	K	L	T	V	L	G	K	A
E	B	V	Y	I	M	R	N	D	I	O	M	O	R	Y	O	D	U	O	Q
L	R	Q	U	N	V	A	A	P	E	T	R	C	E	R	Ç	J	X	D	F
C	E	D	K	E	Q	R	C	Ç	J	E	O	Y	E	P	O	V	U	E	Y
Ç	I	A	M	M	A	U	O	N	Z	O	A	C	A	F	K	M	C	Ç	A
C	S	R	P	V	J	N	K	A	K	O	A	I	I	I	Q	Q	Ç	J	Ç
Q	U	A	G	B	Ç	Y	A	Q	C	S	C	U	Z	R	L	A	O	H	M
E	O	U	Q	A	N	T	N	C	M	A	Y	P	Z	I	B	A	T	D	C
S	B	C	C	P	U	V	T	Q	A	M	J	U	D	R	B	A	N	K	W
D	R	A	W	Y	K	B	H	T	Z	R	N	O	V	T	F	L	S	T	S
R	A	R	U	A	A	E	E	J	U	S	D	D	U	V	G	D	A	K	E
X	Ç	I	P	X	K	Ç	R	P	C	O	O	I	E	C	E	T	S	Y	M
A	O	A	Z	C	F	F	A	Z	I	R	Y	B	E	L	Q	C	U	Z	D
J	M	Q	M	D	L	P	B	J	X	N	H	N	E	R	Y	S	H	M	D
A	R	G	O	U	S	I	E	R	E	Y	E	G	Y	M	G	W	Q	H	Ç
Ç	A	B	U	C	U	A	Z	Ç	J	P	D	S	L	I	H	Z	W	G	R

Solution page 604

Le saviez-vous ?

Les effets du café après 16 heures

Au risque de décevoir les accros du petit crème, boire du café à partir de 16 heures n'est pas très recommandé… La caféine est, en effet, une substance qui agit sur le cerveau au bout de 10 minutes seulement ! C'est pour cela qu'on a l'impression de pouvoir gravir des montagnes en début de journée ! Mais attention, cette substance reste quand même presque 6 heures dans le sang ! Donc, en buvant du café après 16 heures, l'endormissement au moment du coucher deviendra plus compliqué… à moins d'avoir envie de regarder une saison entière d'une série sur Netflix !

PS : le « déca » n'est pas vraiment un bon substitut puisqu'il contient pas mal de caféine (entre 2 et 12 mg en moyenne par tasse), idem pour le thé ! Verdict : l'eau reste votre meilleure alliée !

JEUX

TROUVEZ LE CHEMIN
POUR LUI RENDRE
SON LIVRE

CARRÉ MAGIQUE

MOYEN

Obtenez la somme de **189** sur toutes les lignes horizontales et verticales !

	8	16	17	25	33	
32			7	15	23	24
22	30	31	39	47		
5	13	21		37		46
44	45	4	12		28	36
27	35		51		11	19
		26	34	42	50	9

Solution page 601

Les brèves incroyablement vraies du WC BOOK

- Le seul oiseau qui voit la couleur bleue est la chouette.
- Il y a plus de saunas que de voitures en Finlande, et ce n'est pas plus mal !
- Manger une pomme est plus efficace que le café pour rester éveillé.
- Les couleurs comme le rouge, le jaune et l'orange donnent faim.
- Les gens qui ont beaucoup de grains de beauté ont tendance à vivre plus longtemps.

« J'aimerais que tout soit comme avant...

– Quand on venait de se rencontrer ?

– Non, encore avant. »

Le saviez-vous ?

L'intelligence des abeilles

Les abeilles ont 100 000 fois moins de neurones que nous et, pourtant, elles aussi savent faire des maths ! On avait déjà découvert qu'elles étaient capables de compter jusqu'à 5, mais elles sauraient même soustraire ! Une expérience les a mises en situation où elles devaient choisir entre deux images celle qui contenait le moins d'éléments. Elles comprenaient même que lorsque l'image était blanche, cela ne correspondait à « rien » et que c'était donc inférieur à 1, 2, 3 ou 4.

Une statistique à coucher dehors

1 SDF sur **10** est diplômé de l'enseignement supérieur.

Les génériques et les médicaments d'origine sont-ils identiques ?

Oui et non ! Le principe actif du médicament est toujours identique. En revanche, les excipients, ces substances inactives qui lui donnent sa forme et sa couleur, peuvent changer. On distingue 3 types de génériques :

- les autogénériques : copies conformes à 100 % ;

- les médicaments similaires à excipients différents ;

- les médicaments assimilables, qui diffèrent à la fois par leur présentation (sous forme de comprimé au lieu d'une gélule) et par leur forme chimique (le principe actif est associé à un sel de sodium).

Ce sont les différences d'excipients qui expliquent que l'on puisse être allergique à un générique et pas à un autre. Le plus connu de la cinquantaine d'excipients dont les effets sont notoires est le lactose.

« Traitement du visage ?

– Non.

– Thalassothérapie ?

– Non.

– Chirurgie plastique ?

– Non.

– Fitness ?

– Je suis naturelle, bon Dieu !!!

– C'étaient des conseils. »

Si les hommes avaient leurs règles, ils se vanteraient de la taille de leurs tampons.

JEUX

MOTS CROISÉS

HORIZONTALEMENT

1. Passereaux au plumage brunâtre
2. Automatisa
3. Interjection
4. Droguaient
5. Entendis
6. Instruments à cordes pincées - Durée
7. Commune française de la Côte-d'Or
8. Institut national de l'audiovisuel - Crique

VERTICALEMENT

I. Alléchai
II. Commune française de l'Orne
III. Actinium - Évacua
IV. Houes à fer large
V. Indium - Perroquet
VI. Rejetées - Pronom adverbial
VII. Einsteinium – Vins rouges de Champagne
VIII. Figurine

	I	II	III	IV	V	VI	VII	VIII
1								
2								
3			■		■		■	
4								
5					■		■	
6				■		■		
7								■
8				■				

Solution page 616

LES QUESTIONS À LA CON

SI JE ME BRISE LA NUQUE, EST-CE QU'ON PEUT DIRE QUE JE SUIS MORT SUR LE COU ?

POURQUOI LA CLEF USB EST-ELLE TOUJOURS À L'ENVERS LORSQU'ON VEUT LA BRANCHER ?

COMMENT FAIT-ON POUR CALCULER LA DISTANCE À VOL D'OISEAU QUAND ON N'A PAS D'OISEAU ?

L'invention du clip vidéo

C'est la création du clip vidéo « Bohemian Rhapsody » du groupe Queen qui a inauguré le cycle des clips vidéo tels qu'on les connaît aujourd'hui. Ils ont été inventés par Bruce Gowers, en 1975, soit 7 ans avant MTV ! Un outil devenu important dans une stratégie marketing. Décidément, Queen, c'étaient vraiment les rois !

LABYRINTHE

MOYEN

SUDOKU

FACILE

		7			2		3	
6	9	8	5		1	2		
4		3		6			5	
						1	6	
			9		7			
	8	5						
	7			5		3		2
		2	3		4	5	1	9
	5		2			4		

Solution page 612

Charade

Mon **premier** n'est pas **PROPRE**,

Mon **second** est très **PRÉCIEUSE**,

Mon **troisième** lâche des **VENTS**.

Mon **tout** est fière de ses **BRETELLES**.

Solution : Sale-eau-pâte (Salopette).

Je pense que j'arriverai à Béziers la veille

JE PENSE QUE J'ARRIVERAI À BAISER LA VIEILLE

Le saviez-vous ?

Mauvaises relations entre Louis de Funès et son réalisateur

Il y a eu pas mal de tensions entre Édouard Molinaro, réalisateur des films *Oscar* (1967) et *Hibernatus* (1969), et l'acteur Louis de Funès, qui avait un petit problème d'ego… Par exemple, le cinéaste n'avait pas spécialement envie de tourner des scènes axées sur la vedette en particulier, il préférait plutôt les équilibrer entre tous ses acteurs. Ce qui a valu quelques altercations entre les deux ! Autre problème : le metteur en scène n'était pas trop du genre à vouloir faire rire à tout prix et lorsque de Funès faisait ses pitreries devant la caméra, cela ne lui plaisait pas du tout ! L'acteur refusait même, les uns après les autres, les scénarios qu'on lui proposait. Pour le film *Oscar*, ils avaient commencé le tournage au bout de la huitième version, mais, finalement, Louis de Funès avait décidé de revenir à la première ! Molinaro avait même avoué qu'il avait voulu partir avant la fin du tournage : « C'est Louis qui a voulu que je reste. J'étais prisonnier. »

C'EST POUR TOI...
AH

Enigmes

Complétez cette suite logique :

u d t q c s s h

Solution : n d o d. Les éléments de cette suite correspondent aux initiales des chiffres : un, deux, trois, quatre, cinq, six, sept, huit...

C'est Mozart et Bach qui vont boire un verre.

Bach commande :

« Un baby, s'il vous plaît ! »

Le barman le sert, se retourne vers Mozart et lui demande :

« Et pour vous, ce sera… ? »

Et Mozart lui répond :

« Un baby comme Bach ! »

CARRÉ MAGIQUE

DIFFICILE

Obtenez la somme de **135** sur toutes les lignes horizontales et verticales !

		12	25	26	30
9		5	27		23
38	6		29		28
11	33			15	
36	13	32		22	
	35	39	16	17	21

Solution page 601

QUI EST L'INTRUS ?

JOHANNES VERMEER

JOHN KENNEDY TOOLE

STIEG LARSSON

PAUL GAUGUIN

PABLO PICASSO

LE GRECO

VINCENT VAN GOGH

HENRY DARGER

AMEDEO MODIGLIANI

Solution : Picasso, car c'est le seul artiste, parmi les peintres et les écrivains de cette liste, à avoir tiré profit de son travail et connu la richesse. Tous les autres n'ont pas connu la gloire de leur vivant…

Le saviez-vous ?

Dix mots étrangement identiques !

Saviez-vous qu'on dénombre plus de 7 000 langues dans le monde ? Difficile donc de toutes les connaître… Pour compliquer la tâche, il existe même des faux-amis comme *coin* en anglais, qui veut dire « pièce de monnaie », ou bien *constipado*, qui signifie « enrhumé » en espagnol ! Heureusement, certains mots sont universels :

- Par exemple, l'interjection « hein » est LE mot le plus universel du monde ! Il est identique dans 31 langues différentes !

- Le mot « chocolat » vient de la langue aztèque nahuatl : *xocolātl*, qui veut dire « eau amère ». Il a ensuite été retrouvé dans à peu près toutes les langues avec quelques différences.

- Le mot « maman » se dit *mama* à peu près partout, sauf en France et en Allemagne. Il provient des premiers sons balbutiés par le bébé mais, en Europe, il viendrait plutôt du latin *mama*, qui veut dire « sein, mamelle ». Quant au mot « papa », il a quelques variations comme *Vati* en allemand ou *daddy* en anglais.

- Il existe, en tout, une poignée de mots qui se ressemblent dans toutes les langues. On peut compter parmi eux : pyjama, café, taxi, guitare, banane (le fruit le plus consommé au monde !), nez et… amphétamine (celui-là, on vous l'accorde, on n'y aurait pas pensé non plus) !

C'est quoi un vide-cimetière ?

Dans certaines villes comme Quimper, Lille, Vesoul, Pau et Lyon, des tombes, pourtant en bon état, sont laissées à l'abandon. Les inscriptions sont effacées, les stèles et caveaux revendus d'occasion... Cela permet aux familles et aux villes de faire des économies, évitant ainsi les frais de destruction de pierre. La ville de Lyon propose même une mise aux enchères à partir de 1 €, qui lui permet de recycler le mobilier funéraire de ses cimetières. Une bonne façon de conserver un patrimoine difficile à restaurer.

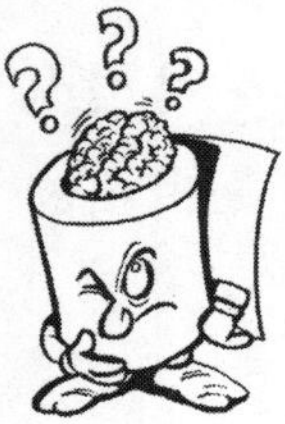

QUIZ

Quel est le nom du 14e dalaï-lama ?

a. Tenzin Gyatso
b. Djampa Wangdu
c. Tashi Gyatso
d. Jinpa Dechen

Solution : a. Tenzin Gyatso est le nom de réincarnation du 14e et actuel dalaï-lama, qui a reçu le prix Nobel de la paix en 1989. Il est né Lhamo Dhondup le 6 juillet 1935 à Taktser, dans la province du Qinghai.

Les brèves incroyablement vraies du WC BOOK

- Vous ne pourrez jamais vous rappeler comment votre rêve a commencé.
- Le sucre serait plus addictif que la cocaïne.
- Quelqu'un qui aime être célibataire et ne sort avec personne (sans s'opposer à l'idée d'être éventuellement en couple) s'appelle un *quirkalone*.
- Les seins d'une femme sont plus symétriques entre le 14e et le 16e jour de son cycle (durant l'ovulation).
- Les chattes domestiques sont droitières, alors que les mâles sont gauchers.

SMS :

« J'ai envie de te faire l'amour.

– QUOI ???

– Putain de correcteur ! Je voulais dire "ça va ?" !!! »

JEUX DE MOTS

Parviendrez-vous à répéter aussi rapidement que possible ces phrases ? Pas si sûr !

• Il était une fois, une marchande de foie qui vendait du foie dans la ville de Foix. Elle se dit : « Ma foi, c'est la dernière fois que je vends du foie dans la ville de Foix. »

• Ce ver vert sévère sait verser ses verres verts (ou : les vers verts levèrent le verre vert vers le ver vert).

• Un pâtissier qui pâtissait, chez un tapissier qui tapissait, dit un jour au tapissier qui tapissait : « Vaut-il mieux pâtisser chez un tapissier qui tapisse ou tapisser chez un pâtissier qui pâtisse ? »

Le saviez-vous ?

C'est du cinéma !

Nous nous faisons gruger en regardant beaucoup de films d'action et le *WC Book* vous explique pourquoi !

- **Le lancer de couteau :**

Personne ne peut lancer un couteau avec assez de force pour que la lame s'enfonce jusqu'à la garde dans un corps humain. Les facteurs de masse et de vélocité ne le permettent pas.

- **Le silencieux**

Tirer à travers un coussin ne remplace pas un silencieux. En réalité, aucun petit cylindre vissé sur un canon ne peut réduire la détonation d'un coup de feu à un simple « pfut ! ». Les munitions modernes sont hypersoniques, rien de ce qu'on met au bout d'un canon ne fait disparaître le bruit produit par une balle franchissant le mur du son.

- **La cigarette mortelle**

Le méchant qui jette en ricanant, et au ralenti, un mégot de cigarette dans une mare d'essence pour provoquer une explosion meurtrière a tout faux. La cigarette s'éteint. Le docteur Richard Tontarski, expert en incendie de l'American BATF (bureau chargé du respect des lois sur l'alcool, le tabac et les armes), n'a pas réussi à faire prendre le feu malgré 2 000 essais. N'allez pas essayer de votre côté pour autant !

Le saviez-vous ?

- **La fusillade**

Dans les films, les méchants tirent sans arrêt sur le héros (sans le toucher). Dans la réalité, la plupart des pistolets-mitrailleurs tirent entre 700 et 950 balles à la minute et leur chargeur contient 30 à 35 cartouches. Faites le calcul, vous serez à court de munitions en moins de 3 secondes !

- **Le feu d'artifice**

Une armurerie prend feu et les balles partent dans tous les sens ? En brûlant, les munitions des petites armes de poing éclatent. Si les balles ne sont pas confinées dans le chargeur, elles ne partent nulle part.

- **Le trou d'air**

Dans un film, c'est toujours amusant de voir le psychopathe aspiré à travers le hublot cassé d'un avion, mais ça ne peut pas se produire !

JEUX

MOTS MÊLÉS

Covid 19

Saurez-vous retrouver chacun des mots cachés dans ce tableau ?

Les mots peuvent être écrits horizontalement, verticalement, en diagonale ou à l'envers.

Mots à trouver :

1) ASTRAZENECA
2) CONFINEMENT
3) CONTAGION
4) CONTAMINATION
5) CORONAVIRUS
6) COURBATURES
7) COUVRE
8) DEPISTAGE
9) EPIDEMIE
10) FEU
11) GOUTTELETTES
12) INFECTION
13) MALADIE
14) MODERNA
15) PANDEMIE
16) PFIZER
17) RESTRICTIONS
18) STATISTIQUES
19) URGENCES
20) VACCINATION
21) VARIANTS
22) VIRUS

JEUX

E	E	W	E	R	V	U	O	C	R	W	D	K	Y	A	T	P	Z	N	S
P	W	F	M	W	U	N	K	C	E	A	M	Q	P	G	S	V	Z	E	Z
I	C	A	V	I	Y	S	L	R	S	E	Q	Y	R	Ç	Z	H	V	H	C
D	Ç	J	V	C	G	O	U	T	T	E	L	E	T	T	E	S	L	C	O
E	Q	P	I	T	A	J	R	X	R	V	K	I	K	N	Q	U	W	M	N
M	H	W	R	Z	G	A	Z	B	I	N	V	K	I	O	D	N	C	K	F
I	D	J	U	Z	Z	Ç	W	Y	C	J	A	E	V	I	E	J	C	Q	I
E	K	W	S	E	L	C	O	S	T	R	R	I	T	T	P	V	O	I	N
T	D	M	N	Y	M	U	U	E	I	E	I	M	D	C	I	A	U	S	E
S	I	E	W	T	D	U	W	U	O	O	A	E	A	E	S	C	R	E	M
H	C	J	V	R	E	V	F	Q	N	N	N	D	L	F	T	C	B	C	E
A	E	T	T	F	E	P	L	I	S	O	T	N	A	N	A	I	A	N	N
P	M	B	E	J	T	A	J	T	J	I	S	A	N	I	G	N	T	E	T
F	O	Ç	C	C	Z	A	T	S	C	G	A	P	J	G	E	A	U	G	J
I	D	N	O	I	T	A	N	I	M	A	T	N	O	C	R	T	R	R	H
Z	E	O	U	O	F	I	S	T	G	T	W	J	P	V	H	I	E	U	K
E	R	S	O	M	X	Ç	F	A	J	N	W	U	F	J	D	O	S	X	V
R	N	W	Y	S	D	A	V	T	Q	O	Ç	S	T	H	K	N	B	D	M
M	A	L	A	D	I	E	F	S	I	C	P	P	I	M	M	U	P	V	U
G	C	O	R	O	N	A	V	I	R	U	S	I	D	W	B	N	V	B	W

Solution page 604

Quand la radinerie décolle...

En 1987, la compagnie d'aviation American Airlines a fait une économie annuelle de **40 000 $**, rien qu'en supprimant une olive de chaque salade servie en première classe ! De même, en 2000, Southwest Airlines a économisé plus de **300 000 $** par an en supprimant 3 cacahuètes de ses sachets apéritifs (dont elle a servi **94 millions** en 2006). En 2012, c'est la réserve de sécurité de kérosène qui est revue à la baisse par Ryanair...Il n'y a pas de petites économies !

ALORS, T'AVAIS DÉJÀ VU UNE BITE ?
C'EST MARRANT, ON DIRAIT UN PÉNIS EN PLUS PETIT !

Un point sur le G !

La lettre G s'écrit de deux façons : une de forme dite *opentail* (sans boucle) pour une écriture à la main et une de forme *looptail* (avec boucle), utilisée dans de nombreuses polices d'écriture. Seuls 2 adultes sur 38 savent l'écrire sous ses deux formes ! Et seulement 7 sur 25 sont capables de reconnaître le G *looptail*.

Pour ou contre
les mères porteuses ?

Moi, je suis plutôt pour.
C’est bien pratique
quand on revient
des courses avec
un pack d’eau.

JEUX

MOTS CROISÉS

HORIZONTALEMENT

1. Étranges
2. Lawrencium - Commune française de Seine-et-Marne
3. Piégeâmes
4. Écarte
5. Les Républicains – Arbre de la famille des mimosacées
6. Astate - Étain
7. Articulations dans la musique
8. En matière de – Roue de poulie

VERTICALEMENT

I. Tint des propos sans intérêt
II. L'endroit entre les villages en basque
III. Chlore - Néon
IV. Commune française des Pyrénées-Atlantiques
V. Poussaient un cri
VI. Pagayer - Métal jaune
VII. Participe passé féminin - Anneau en cordage
VIII. Chambre de communication

JEUX

	I	II	III	IV	V	VI	VII	VIII
1								
2			■					■
3								
4							■	
5			■					
6			■			■		■
7								■
8		■			■			

Solution page 616

Le saviez-vous ?

La création du prix Nobel

Les prix Nobel de la paix, de chimie, de physique, de médecine et de littérature proviennent du nom du donateur Alfred Bernhard Nobel (1833-1896), un chimiste et industriel fabricant d'armes d'origine suédoise, qui n'était autre que l'inventeur de la dynamite et des explosifs ! Alors qu'un journaliste se trompe en annonçant sa mort à la place de celle de son jeune frère, Alfred Nobel est décrit comme « le marchand de mort », car il a fait fortune « en trouvant le moyen de tuer le plus de personnes plus rapidement que jamais auparavant ». Il décide de redorer son blason en créant sa fondation et en léguant, à sa mort, toute sa fortune afin de récompenser 5 personnalités qui ont contribué au développement de l'humanité dans l'année écoulée. Une façon plutôt noble de se racheter…

« De toute façon,
t'entends que ce qui
t'arrange...
– Oui, bonne idée !
Je veux bien une
bière, moi aussi ! »

CARRÉ MAGIQUE

FACILE

Obtenez la somme de **18** sur toutes les lignes horizontales et verticales !

		9
	10	
8	3	

Solution page 601

L'héritage de Napoléon Ier

Napoléon nous a légué beaucoup de réalisations. Parmi elles : les lycées, la Banque de France, les costumes des académiciens, le Code civil, les préfets, la Légion d'honneur, notre système de numérotation pair-impair des rues, les égouts de Paris, le corps militaire des sapeurs-pompiers de la capitale… D'autres moins célèbres : la recette du veau Marengo (confectionnée au départ avec du poulet), ou bien l'extraction du sucre à partir de la betterave !

Charade

Mon **premier** sait se **JETER**,

Mon **second** ne **RESTE** pas,

Mon **troisième** est le symbole de l'élément **CHIMIQUE 52**,

Mon **quatrième** nie le **VRAI**.

Mon **tout** est une division du **TERRITOIRE**.

Solution : Dé-part-Te-ment (Département).

Les tics de Vincent Lindon

L'acteur Vincent Lindon a particulièrement été marqué par la séparation de ses parents lorsqu'il n'avait que 5 ans. Si bien qu'il a développé des tics encore présents aujourd'hui. C'est, en partie, pour cette raison que sa mère l'avait mis sur la voie de l'*acting*. Il avait d'abord fait un stage pour s'occuper des costumes du film *Mon oncle d'Amérique* (1980), d'Alain Resnais, où il assistait Gérard Depardieu pour ses accessoires. Pierre Bénichou lui avait ensuite trouvé un travail de « branche-micro » pour les spectacles de Coluche ! Sa mère avait eu du flair en décelant chez lui le virus du spectacle, qui l'a mené jusqu'au César du meilleur acteur en 2016 !

LABYRINTHE

DIFFICILE

SUDOKU

MOYEN

2	6			9				
			1			8		3
		3		2	7			1
					9		3	4
		7				5		
4	9		8					
7			5	3		2		
8		2			6			
				8			5	7

Solution page 612

Quelle espèce représente, à elle seule, 80 % de la masse totale des animaux terrestres ?

Ce n'est ni un oiseau, ni un animal sur terre ! Il faut chercher la réponse sous terre. Ces animaux, qui représentent tout de même **80 %** de la masse totale des espèces animales terrestres, hommes compris, sont les lombrics, autrement dit de banals vers de terre. Ils sont présents dans le sol de toutes les régions tempérées et tropicales. Si on en compte plusieurs dizaines par mètre cube de sol, ça finit par faire du poids ! Rien qu'en France, la masse des vers de terre, estimée à plus de **150 millions de tonnes**, pèse **50 fois** plus que celle des Français. Il existe près de **4 000 espèces** connues de vers de terre. Les plus longs vivent en Australie et, étirés, peuvent mesurer **3 m**... Mal aimés, les lombrics sont pourtant très utiles : en avalant la terre pour digérer les matières organiques, ils creusent des galeries qui aèrent le sol, l'ameublissent et le fertilisent.

Quelle est la différence entre une bière et un breton ?

La bière, on peut en trouver sans alcool !

Quelle est la particularité des paires de vers suivantes :

« Dans cet antre, lassés de gêner au palais,
Dansaient, entrelacés, deux généraux pas laids. »

« Au Café de la Paix, grand-père, il se fait tard
Oh ! Qu'a fait de la pègre en péril ce fêtard ? »

« Simple appareil, adhésion des sens,
Seins plats pareils à des ions d'essence. »

« Confusément, le père Igor tue, en Grèce.
Confuse, aimant le Périgord, tu engraisses. »

Solution : Ce sont des vers holorimes, ce qui veut dire qu'ils sont composés de syllabes parfaitement homophones, le second étant une répétition phonétique du premier. Les quatre premiers sont de Lucien Raymond, les autres ont pour auteur Georges Dazet.

Le Coca-Cola attaque-t-il vraiment l'estomac ?

Non. Certes, il est acide, mais la muqueuse de l'estomac résiste aux sucs gastriques. Le jus de citron est, d'ailleurs, plus acide que le Coca !

POURQUOI UN PROCÈS-VERBAL SE FAIT-IL TOUJOURS PAR ÉCRIT ?

SI ON DÉCOUPE SON MASQUE DANS UN SOUTIEN-GORGE, DEVIENT-ON UN PORTEUR SEIN ?

LE PÈRE D'UN CURÉ APPELLE-T-IL SON FILS « MON PÈRE » ?

Pourquoi les Anglais roulent-ils à gauche ?

En fait, la vraie question est : pourquoi les Français, les Allemands ou les Suisses roulent-ils à droite et donc se croisent par la gauche ? Car, autrefois, tout le monde se croisait par la droite. La coutume remonte au Moyen Âge, même si, à l'époque, il n'y avait, bien sûr, pas de voitures. Les deux cavaliers qui se croisaient sur un sentier étroit devaient porter leurs épées le plus souvent du côté gauche pour dégainer plus rapidement et pour qu'elles ne se cognent pas au passage des chevaux. L'un des cavaliers aura également plus de facilité à attaquer l'autre en l'ayant sur sa droite. Napoléon a fait changer cette coutume en France et en Belgique. À la fin du XVIIIe siècle, sur les champs de bataille, les armées s'affrontaient généralement par la gauche. Mais Napoléon, pour surprendre l'adversaire, décida d'attaquer par la droite ! Pour montrer sa supériorité, il imposa la conduite à droite dans les pays qu'il vainquit comme la Belgique, les Pays-Bas et l'Espagne. Petit à petit, les pays de l'Europe occidentale conduisirent à droite. Comme il ne conquit jamais la Grande-Bretagne, celle-ci conserva la conduite à gauche.

Roule-t-on à gauche ailleurs qu'en Grande-Bretagne ?
Dans le passé, la Grande-Bretagne a eu de nombreuses colonies : l'Australie, la Nouvelle-Zélande, l'Inde, la Jamaïque, l'Afrique du Sud, le Kenya, la Malaisie… La conduite à gauche y était obligatoire. Depuis, ces pays sont devenus indépendants, mais on continue d'y rouler à gauche.

QUI EST L'INTRUS ?

ETNA

VÉSUVE

STROMBOLI

MEHETIA

VULCANO

EMPÉDOCLE

MONTS SABATINS

Solution : Mehetia est le seul volcan se situant en Polynésie française, tous les autres sont des volcans italiens.

Quand un unijambiste se lève du mauvais pied, il s'en rend compte immédiatement.

Le saviez-vous ?

Deux grands pays pas si loin l'un de l'autre...

On aurait du mal à le croire et, pourtant, les États-Unis et la Russie sont situés à seulement 4 km de distance l'un de l'autre ! Comment expliquer cela ? La raison est simple : il existe un groupe d'îles qui fait partie de leurs deux territoires et qui se trouve pile au milieu du détroit de Béring. Ce sont les îles Diomède (ou Gvozdov, pour les Russes). La Petite Diomède est à l'est, plutôt du côté de l'Alaska, faisant donc partie du territoire américain. Quant à la Grande Diomède, elle se trouve à l'ouest, en Sibérie, sur le territoire russe. Situées à près de 4 km l'une de l'autre, elles sont séparées par une ligne de changement de date. Avec le jeu des fuseaux horaires, la Grande Diomède a pratiquement une journée d'avance sur sa voisine. C'est pour cette raison que l'on dit qu'on peut regarder « demain » depuis la Petite Diomède (l'île « d'hier ») aux États-Unis !

L'avenir serait-il donc depuis toujours... la Russie ?!

Les brèves incroyablement vraies du WC BOOK

- En Thaïlande, les policiers qui enfreignent des lois mineures sont obligés de porter un brassard « Hello Kitty » pour quelques jours.
- C'est Hugo Boss qui a dessiné les uniformes nazis.
- Les gens sont 50 % plus susceptibles d'accepter de faire ce que vous leur demandez si vous parlez dans leur oreille droite tout en touchant légèrement leur avant-bras.
- 1 homme sur 10 serait psychopathe.
- Plus vous restez éveillé(e), plus vous faites de rêves quand vous dormez.

Quarante, cinquante, soixante... Logiquement on devrait poursuivre cette série avec septante, octante et nonante.

Pourquoi en France dit-on « soixante-dix », « quatre-vingts » et « quatre-vingt-dix » ?

Au Moyen Âge, on avait l'habitude de compter **par paquets de vingt**. On disait « vingt et dix », au lieu de trente, « deux vingts » au lieu de dire quarante, « trois vingts » pour soixante. En 1260, le roi Saint-Louis fit construire l'hospice des **Quinze-Vingts** pour héberger **300 aveugles**. À la fin de l'époque médiévale, un système concurrent apparut avec les mots trente, quarante, cinquante, soixante, septante, octante, nonante. C'était plus simple et plus logique. En France, ce nouveau système s'imposa mais seulement jusqu'à soixante, et personne ne sait pourquoi ! Peut-être pour les grands nombres, les gens préféraient-ils continuer à penser par paquets : **70 = 60 + 10, 80 = 4 × 20, 90 = (4 × 20) + 10**. Aujourd'hui, en France, les mots **« septante »** et **« nonante »** ne sont employés qu'en Lorraine ou en Franche-Comté.

Selon le feng shui, les toilettes sont une source de « mauvaise énergie » dans la maison. Elles symbolisent la perte d'énergie et la perte financière ! Il est donc recommandé de les isoler de l'entrée, de toujours bien fermer leur porte ainsi que le couvercle des toilettes ! Mais, avec le *WC Book*, vous y resterez toujours zen !

JEUX DE MOTS

Chez les Papous il y a des Papous papas, des Papous pas papas, des Papous à poux et des Papous pas à poux.

Donc, chez les Papous, il y a :
- des Papous papas à poux ;
- des Papous papas pas à poux ;
- des Papous pas papas à poux ;
- et des Papous pas papas pas à poux !

Y'a foule au Panthéon !

Près de **5 000 dieux** sont vénérés dans le monde.

CARRÉ MAGIQUE

MOYEN

Obtenez la somme de **203** sur toutes les lignes horizontales et verticales !

26	34		50	9	17	
		10	18	19	27	35
11		20	28		44	52
21	29	37		53		13
38	46	47	6	14		30
48	7	15			39	40
	24	32	33	41	49	

Solution page 601

Gégé séjourne pour la première fois dans un camp naturiste.
Il se promène tout nu le long de la piscine lorsqu'il aperçoit une femme sublime et… nue, bien sûr.
Gégé n'arrive pas à camoufler qu'il est excité, ce qui le met un peu mal à l'aise.
La superbe femme s'approche de lui et lui dit :
« Vous m'avez appelée ? »

Le saviez-vous ?

La signification des nains de jardin

Le nain de jardin est assez populaire dans la pop culture d'aujourd'hui, et on peut notamment le retrouver dans le film *Le Fabuleux Destin d'Amélie Poulain* (2001). D'où viennent donc les nains de jardin et pourquoi cette dénomination ? Ils apparaissent pour la première fois en Europe durant la Renaissance, où ils représentent un personnage bossu, avec des couleurs vives, et sont appelés « *Gobbi* ». Ils y sont utilisés sur les pelouses, dans les jardins… Un peu comme maintenant, finalement ! Le nain, aussi appelé « gnome », est un personnage issu du folklore et des mythes de nombreux pays d'Europe où il est considéré comme un symbole de chance. Il avait pour but de veiller sur les cultures et était censé aider le jardinier, pendant la nuit, à conserver le bon état de son jardin. Il s'est même créé un Front de libération des nains de jardins, très actif de la fin des années 1990 à 2010 ! Ses membres allaient jusqu'à enlever des statuettes des jardins pour leur « rendre leur liberté » !

Charade

Mon **premier** aime **L'IMMÉDIAT**,

On **S'ALLONGE** sur mon **second**,

Mon **troisième** miaule en **ANGLAIS**.

Mon **tout** est **RAFFINÉE**.

Solution : Dé-lit-cat (Délicate).

LABYRINTHE

FACILE

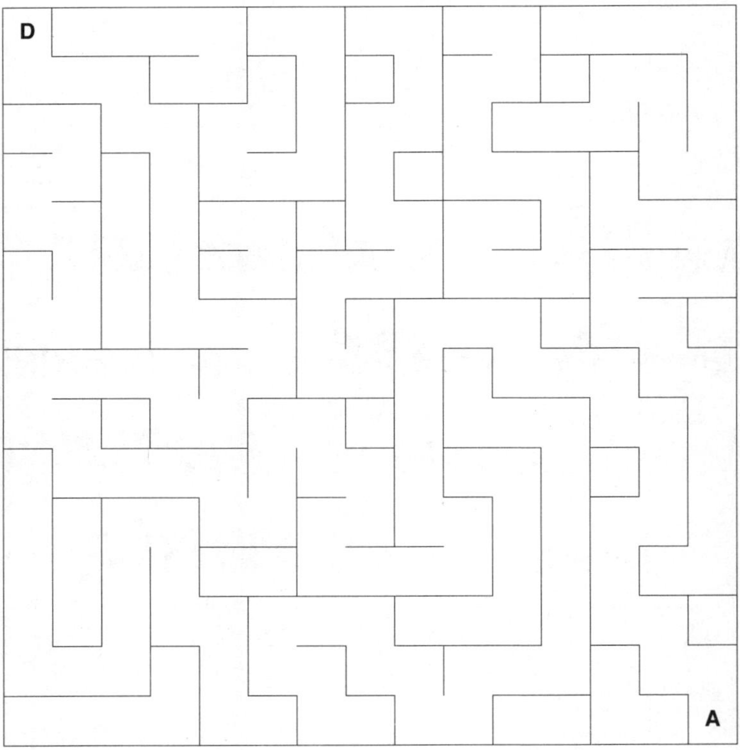

SUDOKU

MOYEN

				8				2
3							1	
9		1		2	6			8
6	5		7				3	
	1				5		8	7
1			8	3		9		4
	9							3
5				7				

Solution page 612

Le temps que vous lisiez cette question et sa réponse, combien d'êtres humains seront nés sur Terre ?

Supposons que vous mettiez une minute à lire la question ci-dessus et la réponse ci-dessous – c'est un peu rapide, mais c'est mieux pour les calculs, alors merci de faire vite ! Pendant cette minute, environ **252 bébés** auront poussé leur premier cri aux quatre coins du monde, dont les **9/10e** dans des pays en voie de développement. Dans le même temps, **108 personnes** plus ou moins âgées auront rendu l'âme. Ce qui signifie qu'avant la fin de ce paragraphe, la population mondiale aura augmenté de **252 – 108 = 144 individus**. Cela représente **8 640 personnes par heure**, ou encore **207 360 par jour**, ou encore **76 millions par an**. Cela pose un sérieux problème, car ce sont autant de bouches supplémentaires à nourrir, et les réserves naturelles de notre planète ne sont pas illimitées. La population mondiale est ainsi passée de 0,25 milliard en l'an mille à 1 milliard en 1850, puis 1,5 milliard en 1900, puis 2,5 milliards en 1950, puis 6 milliards en 2000, puis enfin **7,7 milliards aujourd'hui** et pourrait atteindre **9 milliards** en 2050. Mais ce rythme de croissance diminue et les experts estiment qu'à la fin du XXIe siècle, la population mondiale pourrait ne plus augmenter.

C'EST LA DANSE DES CANARDS
PFFF... PAS FACILE LA CHORÉ !

Les brèves incroyablement vraies du WC BOOK

- Si un cafard touche un humain, il va se mettre à l'abri pour se nettoyer.
- La Roumanie reconnaît la sorcellerie comme une profession légale.
- Ce sont les hippocampes mâles qui portent les bébés dans leur ventre.
- La Russie est le seul pays à envoyer des armes à feu dans l'espace avec ses cosmonautes !
- Il faudrait à un homme plus de 30 ans pour pouvoir compter jusqu'à 1 milliard.

« Chéri, j'aurais besoin de toi !
– Oui ma chérie. Dis-moi…
– Je voudrais avoir l'avis de quelqu'un qui soit intelligent et logique.
– Oui, je t'écoute.
– Tu ne connaîtrais pas quelqu'un qui soit intelligent et logique ? »

Entrer dans
les annales en
sortant du bus

**ENTRER DANS
LES ANUS EN
RENTRANT DU BAL**

Sans lac ni rivière…

L'Arabie saoudite est le plus grand pays du Moyen-Orient et le 13e plus grand pays du monde en termes de superficie. Et c'est surtout le plus grand pays du monde à n'avoir aucune rivière et aucun lac ! Même si, on est d'accord, ils ont 2 640 km de côtes maritimes. Mais zéro rivière et zéro lac, quand même…

Le saviez-vous ?

Des stars avec un petit ou gros « ego » ?

Un drôle de sondage a été effectué chez les footballeurs professionnels et, cette fois-ci, on ne parle pas de leur salaire mais bien de leur zizi !

• 99 % des footballeurs pro affirment avoir un sexe de plus de 25 cm, une taille largement supérieure à la moyenne des Français, estimée autour de 14 cm ! Que ce soit pour les joueurs du SC Bastia ou ceux de l'Olympique de Marseille, ils auraient répondu un chiffre supérieur à 25 cm, allant jusqu'à même 30 cm !

• D'autres célébrités ont le problème opposé (si on peut appeler ça un « problème »), celui d'en avoir un petit : Brad Pitt, Mick Jagger, Jude Law (on sait que vous êtes déçus), Enrique Iglesias (« J'ai le plus petit pénis du monde. Et je suis sérieux »), Bill Clinton, Ashton Kutcher (mais comme l'a dit Demi Moore, « la taille ne compte pas »), Shia LaBeouf, et même Napoléon ! Mais l'avantage, c'est qu'il pouvait compenser avec sa grande soif de pouvoir…

POURQUOI DEMANDONS-NOUS « ÇA VA ? » À QUELQU'UN QUI VIENT DE SE FAIRE TRÈS MAL DEVANT NOUS ET QUI HURLE DE DOULEUR ?

POURQUOI DANS L'ÉMISSION *RECHERCHE APPARTEMENT OU MAISON*, LES GENS ONT-ILS L'AIR SURPRIS DE VOIR ARRIVER STÉPHANE PLAZA ALORS QU'IL Y A DÉJÀ UN CAMÉRAMAN CHEZ EUX ?

Humour

Michel, le curé, et son ami Moshe, le rabbin, discutent.
Michel fait une petite confidence :
« Tu sais Moshe, j'ai un truc pour manger à l'œil.
– Super ! Tu fais comment ?
– Je ne vais jamais au restaurant avant 22 heures, pour le deuxième service. Et je choisis toujours un restaurant assez grand où il y a plusieurs serveurs. Je commande une entrée, un plat, un dessert et je prends mon temps pour le café, le cognac et un bon cigare… et j'attends la fermeture. Comme je ne bouge pas, quand ils rangent toutes les tables et mettent les chaises dessus pour pouvoir fermer, le garçon vient pour me demander de payer. Et là, je lui dis que j'ai déjà payé à son collègue qui est parti ! Et personne ne met ma parole en doute, vu que je suis curé. Simple, non ?
– Mais c'est génial ! Et si on essayait demain ?
– D'accord. Je m'occupe de la réservation. »
Le soir suivant, le curé et le rabbin vont dans un beau restaurant et commandent de nombreux plats.
À la toute fin de soirée, le garçon arrive comme prévu et leur demande poliment de payer.
Le curé lui répond :
« Mais c'est déjà fait ! On a payé à votre collègue qui est parti ! »
Et Moshe, le rabbin, qui rajoute :
« D'ailleurs, ça fait un bon moment qu'on attend la monnaie !!! »

Pourquoi dit-on d'une personne bizarre qu'elle est « timbrée » ?

À cause des bouffons, ou fous du roi, dont la tête était coiffée d'un bonnet orné de clochettes ou de grelots, les « timbres ». Ce couvre-chef s'appelait aussi « toque », qui a donné le synonyme « toqué ».

JEUX

MOTS MÊLÉS

Grandes batailles

Saurez-vous retrouver chacun des mots cachés dans ce tableau ?

Les mots peuvent être écrits horizontalement, verticalement, en diagonale ou à l'envers.

Mots à trouver :

1) ACTIUM
2) AUSTERLITZ
3) BOUVINES
4) CAMERONE
5) CASTILLON
6) CRECY
7) DENAIN
8) GETTYSBURG
9) HASTINGS
10) MARATHON
11) MARIGNAN
12) PYRAMIDES
13) REICHSHOFFEN
14) ROCROI
15) SOMME
16) TRAFALGAR
17) VALMY
18) VERDUN
19) WATERLOO

JEUX

Y	H	V	R	U	O	Y	S	G	Ç	Ç	K	K	C	Y	P	B	I	U	N
C	Q	K	N	B	G	R	U	B	S	Y	T	T	E	G	H	X	O	U	L
E	L	E	M	M	O	S	C	G	C	S	C	M	V	B	V	M	D	X	C
R	S	R	D	F	W	A	Y	W	O	A	N	L	M	D	A	R	Q	C	C
C	A	A	Z	M	A	N	H	U	S	U	C	R	A	R	E	V	I	Ç	A
Y	O	V	N	Ç	T	A	L	T	D	E	C	A	I	V	I	Y	O	B	M
U	R	S	M	A	E	W	I	P	T	S	Ç	G	Z	V	C	D	Z	H	E
C	R	G	P	D	R	L	T	H	K	U	N	L	V	G	A	A	A	P	R
A	E	N	S	X	L	D	K	T	M	A	K	A	B	B	J	T	R	K	O
O	I	I	Ç	O	O	N	N	D	N	D	C	F	Z	J	A	P	Z	X	N
Q	C	T	N	Z	O	A	W	I	G	P	T	A	N	U	D	A	N	D	E
G	H	S	P	J	X	S	P	I	A	M	W	R	S	G	U	O	R	P	U
O	S	A	G	D	Z	I	E	Q	V	N	R	T	O	C	H	Ç	H	U	S
Q	H	H	M	K	C	D	S	D	G	Q	E	X	O	T	M	H	T	S	E
W	O	V	U	Z	Ç	C	T	K	I	R	I	D	A	H	D	Q	Y	D	N
M	F	D	I	C	N	N	C	R	L	M	J	R	G	U	Y	U	M	B	I
Z	F	U	T	U	O	D	D	I	T	B	A	C	C	B	Q	L	L	K	V
Z	E	H	C	X	K	H	T	Z	C	M	S	R	A	W	J	S	A	K	U
I	N	V	A	G	E	Z	T	F	H	D	A	W	Y	C	R	S	V	A	O
D	W	M	L	H	I	O	R	C	O	R	B	F	W	P	B	W	C	Q	B

Solution page 605

John Doe, c'est qui ?

Aux États-Unis, « John Doe » n'est pas un simple nom mais celui désignant une personne non identifiée ! Un peu comme notre « Monsieur X ». Ce nom aurait pour origine un document juridique anglais datant du règne du roi Édouard III (1312-1377).

« John Doe » est, par exemple, utilisé sur les fac-similés de papiers d'identité et de formulaires à remplir. C'est aussi le nom donné aux cadavres anonymes et il est également employé dans les arrêts de justice. Il est utilisé dans le film *Meet John Doe,* (*L'Homme de la rue,* 1941). Il existe même un féminin de John Doe qui est Jane Doe.

Chaque pays possède un nom pour désigner une personne inconnue. Par exemple : « Max Mustermann » en Allemagne, « Jan Jansen » aux Pays-Bas, « John Smith » au Royaume-Uni, « Fulano » au Brésil et en Espagne.

Si tous les
cons pouvaient se
donner la main !

Il suffirait
d'électrocuter
le premier.

Les femmes plus déprimées que les hommes

Les femmes sont deux à trois fois plus susceptibles de souffrir de dépression que les hommes. Le risque de dépression majeure chez les femmes est de 20 à 26 % contre 8 à 12 % chez les hommes. 11 % des femmes ont consommé au moins une fois dans leur vie des antidépresseurs, contre 5,2 % chez ces messieurs. Alors que 10,1 % des hommes ont déjà consommé des tranquillisants ou somnifères, les femmes sont 18,1 % à en avoir pris.

James, un Américain, est en voyage en Chine et achète des lunettes révolutionnaires. Elles permettent de voir les personnes habillées complètement nues !
Il sort dans la rue et met ses lunettes. Il voit tout le monde à poil ! C'est incroyable ! Il est en extase.
James enlève ses lunettes : les gens sont habillés.
Il les remet : ils sont tout nus !
Dans l'avion du retour pour les États-Unis, il devient fou en passant tout le vol à regarder les hôtesses… toutes nues !
Il arrive sur le perron de sa maison, met ses lunettes et entre.
Il voit, dès son entrée, sa femme et son meilleur ami assis sur le canapé, nus…
James enlève ses lunettes : ils sont toujours nus.
Il les remet : encore nus.
Il enlève les lunettes : nus.
Il remet ses lunettes : toujours nus !
Alors, James, dans une rage folle, hurle :
« Saloperie de camelote chinoise ! Déjà foutue au bout de 3 jours !!! »

CARRÉ MAGIQUE

DIFFICILE

Obtenez la somme de **135** sur toutes les lignes horizontales et verticales !

	6	37		24	28
		12	25	26	30
9		32	27	31	
36	40	5	18		14
34	8			17	21
38	33	10	20		

Solution page 601

QUI EST L'INTRUS ?

EREN

REINER

ARMIN

KURAPIKA

MIKASA

Solution : Kurapika. C'est l'un des héros du manga (adapté aussi en anime) *Hunter × Hunter*, tandis que les autres sont des personnages d'un autre *shōnen* à succès : *L'Attaque des Titans*.

Des Chiffres, Des Chiffres

Bon appétit ou bonne intoxication ?

Voici une liste des aliments les plus contaminés ! En effet, ils ont une teneur en dioxines et PCB (polychlorobiphéniles) élevée. Elle est exprimée en « quantité équivalente toxique » (TEQ) totale, qui correspond à l'addition de 29 dioxines et PCB différents. Certaines quantités sont calculées au poids, comme les produits animaux gras, et d'autres sont calculées par portion.

Teneur en dioxines et PCB au poids (pg TEQ/g)

- Saumon : 0,56
- Beurre : 0,37
- Sardine à l'huile d'olive : 0,25
- Emmental râpé : 0,12
- Crème fraîche 30 % MG : 0,11
- Huile d'olive vierge extra : 0,09
- Huile de tournesol : 0,09
- Steak haché : 0,09
- Coquillettes : 0,08
- Camembert : 0,08
- Cabillaud : 0,08
- Chèvre : 0,08
- Poulet : 0,03
- Persil plat : 0,03
- Crevettes : 0,02
- Yaourt au lait entier : 0,02
- Œuf : 0,02
- Baguette : 0,02
- Pomme golden : 0,02
- Betterave cuite : 0,02
- Pomme de terre : 0,01
- Yaourt nature : 0,01
- Concombre : 0,01
- Lait demi-écrémé : 0,01

Teneur en dioxines et PCB par portion (pg TEQ)

- Un pavé de saumon (115 g) : 64,29
- Un steak haché à 15 % MG (125 g) : 10,8
- Une sardine à l'huile d'olive en conserve (43 g) : 10,79
- Une assiette de coquillettes (125 g) : 10,5
- Un filet de cabillaud (114 g) : 9,01
- Une plaquette individuelle de beurre (12,5 g) : 4,68
- Une cuisse de poulet (126 g) : 4,2
- Une portion d'emmental râpé (28 g) : 3,38
- Deux pommes de terre moyennes (250 g) : 3,25
- Un yaourt nature au lait entier (125 g) : 2,82
- Une grosse cuillère de crème fraîche à 30 % MG (25 g) : 2,76
- Une part de camembert (30 g) : 2,44
- Une part de bûche de chèvre (30 g) : 2,39
- Une pomme golden (134 g) : 2,14
- Un verre de lait demi-écrémé (200 g) : 1,6
- Une cuillère à soupe d'huile d'olive vierge extra (15 g) : 1,39
- Un œuf (60 g) : 1,38
- Une cuillère à soupe d'huile de tournesol (15 g) : 1,32
- Un yaourt nature (125 g) : 1,25
- Un quart de baguette (60 g) : 1,2
- Une petite portion de betterave cuite (74 g) : 1,11
- 4-5 petites crevettes (28 g) : 0,64
- Une petite portion de concombre (51 g) : 0,41
- Quelques feuilles de persil plat (2,3 g) : 0,07

Humour

Le bonheur est dans les petites choses...

Bites à part !

J'ADORE LES ANIMAUX, LES OBSERVER...
REGARDEZ L'ÉLÉGANCE DE CE PETIT OISEAU...
... LA VITESSE, LA DEXTÉRITÉ DE CE CHAT !

Le saviez-vous ?

Tomber enceinte pendant les règles

Dans de rares cas, il est possible de tomber enceinte pendant les règles. On le sait, pour tomber enceinte, il faut, en général, qu'il y ait fécondation, c'est-à-dire le résultat de la fusion d'un spermatozoïde et d'un ovule. Cependant, même pendant un cycle court ou irrégulier, l'ovulation peut arriver avec une avance de deux jours. Dans ce cas, si la femme a eu un rapport sexuel par exemple le 7e jour de ses écoulements et qu'un spermatozoïde arrive à survivre jusqu'à 5 jours et plus, alors il y aura possibilité de fécondation. Bref, les causes d'une grossesse imprévisible peuvent être diverses et il convient donc d'utiliser les méthodes de contraception adéquates pour éviter un accident.

Les brèves incroyablement vraies du WC BOOK

- Râler après s'être blessé peut aider à diminuer la douleur de plus de 50 %.
- L'arôme artificiel de framboise est partiellement fabriqué à partir des sécrétions des glandes anales de castor (castoréum).
- Les lézards geckos boivent de l'eau en léchant leurs propres yeux !
- Les cachalots dorment debout !
- Les M&M's ont été créés en 1941 pour permettre aux soldats de savourer du chocolat sans qu'il ne fonde !

Quelles sont les
2 différences entre un
thermomètre rectal et un
thermomètre buccal ?

L'odeur et le goût.

Sacrés serments

On connaît tous le serment d'Hippocrate des médecins, mais il existe des serments pour d'autres professions :

- Le serment des architectes
- Le serment de l'expert-comptable
- Le serment des commissaires aux comptes
- Le serment des conseillers aux prud'hommes
- Le serment des experts judiciaires
- Le serment des avocats
- Le serment des facteurs
- Le serment des agents de France Télécom
- Le serment de Galien (en pharmacie)

Et bien d'autres encore !

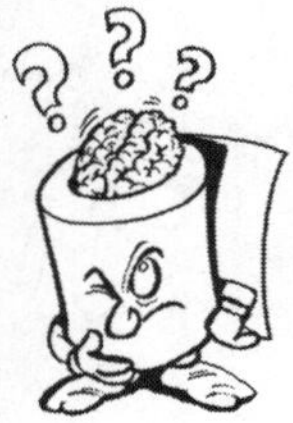

QUIZ

Qu'est-ce qu'un *tsunami* ?

a. un tremblement de terre
b. un raz-de-marée
c. une éruption volcanique
d. un typhon

Solution : b. un raz-de-marée, qui est provoqué par un séisme ou une explosion volcanique en mer, ou par l'effondrement de sédiments marins. Du japonais *tsu* (port) et *nami* (vague).

Le sein patron des blessés !

De récents faits divers aux États-Unis ont vu des femmes survivre à un coup de feu en pleine poitrine grâce à leurs seins en silicone ! Simple chance ou réalité scientifique ? Des chirurgiens de l'université de l'Utah ont cherché à comprendre. Ils ont donc tiré au pistolet sur plusieurs implants à 2,5 m de distance. Résultat : la silicone parvient à réduire la vitesse de la balle de 20 %. Ce qui peut parfois être suffisant pour faire la différence entre la vie et la mort. Les faux seins ne peuvent toutefois remplacer un vrai gilet pare-balles !

LABYRINTHE

MOYEN

SUDOKU

FACILE

	9				7	5		4
8			2	6				
		5	4	9	1	8		
	3	1	7	8				
	5	8				4	7	
				4	3	9	8	
		6	9	2	8	3		
				5	6			9
5		9					1	

Solution page 612

Deux amis au café :

« Crois-tu à la vie après la mort ?

– Non, pas du tout. Et toi ?

– Ben… Je n'y croyais pas non plus. Mais depuis que ma belle-mère est morte, je revis ! »

Cette jeune beure rêve de sites de banlieue

CETTE JEUNE SŒUR RÊVE DE BITES DE BANLIEUE

JEUX

MOTS CROISÉS

HORIZONTALEMENT

1. Bandit
2. Balancera
3. Subjonctif présent du verbe avoir - Espagne
4. Caesium - Thulium
5. Figures de corrida
6. Commune française du Béarn - Point que l'on vise
7. Stéradian - Départ - Xénon
8. Scandium

VERTICALEMENT

I. Inculpé avec un autre
II. Réseau numérique à intégration de services - Zirconium
III. Poisson d'eau douce aux nageoires rouges - Note de musique
IV. Chevaux des prairies d'Amérique
V. Pronom personnel - Pronom personnel - Ondes courtes
VI. Apparue - Niobium
VII. Plante herbacée - Commune française du Loiret
VIII. Los Angeles - Langue finno-ougrienne parlée en Estonie

JEUX

	I	II	III	IV	V	VI	VII	VIII
1								
2								
3					■			■
4			■			■	■	
5		■						
6					■			
7			■			■		
8		■	■			■		■

Solution page 616

Pourquoi fait-il plus froid en altitude alors que le soleil est plus proche ?

Les rayons du soleil se transforment en chaleur quand ils entrent en contact avec le sol. L'air est chauffé par le sol et il se refroidit en altitude. La pression diminue avec celle-ci, ce qui a pour conséquence de disperser la chaleur.

JEUX

COMBIEN DE CUBES MANQUE-T-IL ?

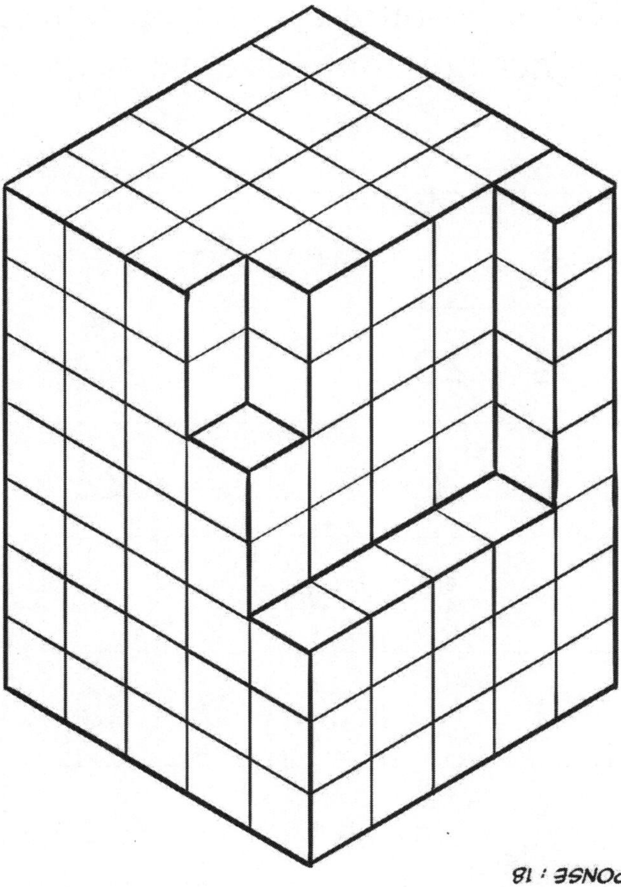

RÉPONSE : 18

CARRÉ MAGIQUE

FACILE

Obtenez la somme de **75** sur toutes les lignes horizontales et verticales !

5		17	18	
14	20		7	
	4		16	22
	13	19		6
21		3	9	15

Solution page 602

Un drôle de record !

Aux JO d'été de Sydney en 2000, l'organisation avait prévu un stock de **7 000 préservatifs** à destination du village olympique qui accueillait un peu plus de **10 000 athlètes** pour les **deux semaines** de compétition. Mais l'ambiance qui y régnait était si torride que **20 000** préservatifs supplémentaires avaient été commandés. Le record de **9 préservatifs par athlète** a explosé avec les Jeux olympiques d'été de Rio en 2016, où le chiffre est monté à 450 000, soit **42 par sportif**... **42 en 17 jours** ! Pour les Jeux de Tokyo en 2021, on redescend avec une distribution prévue de 150 000 préservatifs, mais en priant les athlètes de respecter obligatoirement la distanciation sociale, crise sanitaire oblige...

Le saviez-vous ?

La sapiosexualité

La sapiosexualité est un néologisme qui désigne une orientation sexuelle liée au quotient intellectuel. Les sapiosexuels sont donc des personnes obsédées par le QI de l'autre ou qui sont excitées par l'intelligence. *Sapio* veut d'ailleurs dire « intelligent » en latin et l'origine du terme date de 2012 même si, évidemment, cela ne veut pas dire qu'il n'y en avait pas avant ! L'apparence physique passe au second plan et l'intellect devient un facteur érotique. Les sapiosexuels aiment donc les longues conversations, les personnes plus âgées, plus cultivées, les personnes qui exercent les métiers de l'art… Ne sommes-nous pas tous un peu sapiosexuels en fin de compte ?

Charade

Mon **premier** est un **BOND**,

Mon **second** signifie « **À TOI** »,

Mon **troisième** est un

CHONDRICHTYEN,

Mon **quatrième** est le mari de « **LA** ».

Mon **tout** est un **INSECTE**.

Solution : Saut-te-raie-le (Sauterelle).

LES QUESTIONS À LA CON

SI UN HOMME CHAUVE SOURIT, A-T-ON LE DROIT DE L'APPELER BATMAN ?

COMMENT SE FONT LES RÉSULTATS DES SONDAGES, SACHANT QU'À CHAQUE FOIS QU'ILS APPELLENT, ON LEUR RACCROCHE AU NEZ ?

POURQUOI TOUT OBJET TOMBÉ SOUS MON LIT EST-IL À UNE DISTANCE ÉGALE À LA LONGUEUR DE MON BRAS + 1 CM?

C'est une petite fille très méchante qui dit à une petite fille très laide :
« Tu sais ce qui t'arrivera plus tard ?
– Non.
– Ben, rien !!! »

Quelle est la signification du drapeau américain ?

Les 13 bandes rouges et blanches du drapeau représentent les 13 colonies britanniques sécessionnistes à l'origine de la création de l'État américain. Depuis le 4 juillet 1960, date de l'entrée d'Hawaï dans l'Union, il y a 50 étoiles sur le drapeau, ce qui correspond aux 50 États membres des États-Unis.

Marc Chagall et sa drôle de vie

Le peintre Marc Chagall (1887-1985), artiste majeur du XXe siècle, presque aussi célèbre que Picasso, dont il fut l'ami, est un peintre d'œuvres quasi-surréalistes. Mais qui se cache réellement derrière cet artiste aux œuvres fantaisistes ? Beaucoup le connaissent pour sa fresque peinte sur le plafond de l'opéra Garnier. Cette œuvre est si vaste (plus de 200 m^2), qu'il n'a réussi à l'achever qu'à l'âge de 77 ans ! Il a pourtant toujours refusé d'être payé par l'État, qui n'a assuré que les frais matériels !
Autres faits surprenants :

- Il a vécu dans une famille où l'art et la créativité étaient interdits ;
- Lorsqu'il a commencé à peindre ses œuvres, il a été vivement critiqué, au point que son oncle refusait de lui serrer la main…
- Il était tellement prudent avec l'argent qu'il peignait nu pour ne pas avoir à se changer et mangeait un demi-hareng par jour !
- Il a vécu à New York pendant six ans, mais il n'a jamais appris l'anglais !

Et bien d'autres choses encore, comme le fait qu'il ait épousé sa muse, qu'auprès des autorités soviétiques, il n'avait plus d'identité… Malgré tout ceci, aujourd'hui, ses œuvres se vendent à des millions ! C'est sûr, on retrouve bien cette vie surréaliste dans ses tableaux !

Le tour du monde sonore...

Dans l'air, il faudrait à un son (dont la vitesse est de **1 224 km/h**) **32 heures, 44 minutes et 40 secondes** pour faire le tour de la Terre.

Deux copines discutent :
« Tu sais quoi !? Mon mari me reproche de lui préférer Facebook !
– Et alors, tu vas faire quoi ?
– Je vais le bloquer ! »

LABYRINTHE

DIFFICILE

SUDOKU

MOYEN

				5	6	7		
	6	1	3			5		
			4	7		6	9	
		2					3	
	5			3			2	
	3					9		
	1	6		2	5			
		3			4	8	5	
		5	6	9				

Solution page 612

Enigmes

Des chevaliers souhaitent organiser une réunion secrète. Pour éviter l'intrusion de traîtres, ils créent le mot de passe suivant :

IRRVAHTDQIR

Comment le mémoriser et que signifie-t-il ?

Solution : Il suffit de prononcer les lettres qui composent le mot de passe : « Hier, Hervé a acheté des cuillères. »

Deux copines discutent :
« Et là, il m'a dit qu'il allait me bouffer la chatte !
– Ben, t'as qu'à lui dire que tu es vegan.
– Je lui ai dit ! Il m'a répondu qu'il allait me mettre le cul en chou-fleur ! »

Paroles de célébrités :

« Si les gens vous rendent malade,
vous devriez les faire cuire plus longtemps. »
Hannibal Lecter, gourmet

« Bordel ! Ce matin, un connard de lapin
a tué un chasseur ! C'était un enculé de
lapin qui avait un putain de fusil ! »
Chantal Goya de la Tourette

« Pendant le confinement, je respectais
la distance minimale d'un mètre
et j'arrivais à faire mon travail à l'aise… »
Rocco Siffredi, télétravailleur sans barrière

« Putain, il fait chaud ! C'est la clavicule ou quoi ? »
Franck Ribéry, grammairien ambidextre

« Je me suis pris beaucoup d'amendes pendant le confinement car… j'étais sur la route toute la sainte journée. »
Gérald de Palmas, chanteur récidiviste

« Moi, j'étais vraiment favorable à la mise en place d'un couvre-feu. »
Jeanne d'Arc, tout feu tout flamme

« On ne peut pas vivre que de souvenirs… »
Alois Alzheimer, amoureux du moment présent

« J'ai la Gaule, les gars ! »
Jules César, 52 av J.-C.

« Si tu ne peux pas t'offrir un silex à 50 ans, c'est que t'as raté ta vie. »
L'homme de Néandertal, ex-UMP (Union des manieurs de pierre)

« J'irai chercher ton cœur, si tu l'emportes ailleurs… »
Céline Dion, trafiquante d'organes

MOTS MÊLÉS

Instruments de musique

Saurez-vous retrouver chacun des mots cachés dans ce tableau ?

Les mots peuvent être écrits horizontalement, verticalement, en diagonale ou à l'envers.

Mots à trouver :

1) ACCORDEON
2) BASSON
3) CARILLON
4) CLAIRON
5) CLARINETTE
6) CLAVECIN
7) CLAVICORDE
8) COR
9) FLUTE
10) HAUTBOIS
11) ORGUE
12) PIANO
13) PICCOLO
14) SAXHORNS
15) SAXOPHONE
16) TAMBOUR
17) TIMBALES
18) TROMBONE
19) TROMPETTE
20) TUBA

JEUX

A	T	Q	H	K	X	E	Z	R	L	L	J	I	F	L	U	T	E	P	E
B	O	N	I	C	E	V	A	L	C	S	U	N	D	J	P	I	Ç	R	N
C	R	E	H	A	D	F	X	C	E	H	F	V	U	V	E	Ç	U	F	O
L	M	Q	P	V	G	W	N	L	L	A	E	W	X	V	B	O	P	D	B
A	D	I	Ç	U	E	O	A	A	P	U	N	W	Ç	D	B	P	I	J	M
I	J	G	Z	K	S	B	D	R	N	T	O	E	Y	M	S	U	C	O	O
R	F	V	Q	S	M	S	O	I	Z	B	H	Ç	A	J	Y	X	C	Z	R
O	P	O	A	I	L	T	J	N	P	O	P	T	F	P	W	C	O	L	T
N	M	B	T	J	P	J	O	E	K	I	O	F	A	B	U	T	L	B	J
H	A	C	I	I	Q	S	R	T	D	S	X	A	L	E	G	W	O	L	Z
E	N	C	C	A	I	X	G	T	C	L	A	V	I	C	O	R	D	E	M
C	S	T	C	B	Y	I	U	E	C	O	S	X	R	G	A	N	V	E	U
X	A	V	F	O	N	F	E	W	B	N	A	P	K	K	J	I	V	S	C
O	K	R	Ç	R	R	V	D	T	R	O	M	P	E	T	T	E	R	W	J
P	G	Ç	I	S	V	D	T	P	I	A	N	O	Ç	M	Ç	V	Z	J	W
M	Z	F	V	L	I	A	E	J	K	X	U	R	H	A	W	M	A	L	A
Ç	E	F	Y	C	L	S	H	O	L	V	O	H	P	T	F	W	M	K	Ç
K	M	M	D	O	B	O	U	Q	N	C	J	S	A	X	H	O	R	N	S
L	V	K	X	K	P	H	N	Q	F	X	D	P	A	Ç	F	Q	H	L	G
N	K	M	D	S	C	W	D	L	G	O	L	V	N	N	G	I	T	Q	Ç

Solution page 605

Le saviez-vous ?

Quelle est la différence entre le yoga et la méthode Pilates ?

Yoga et Pilates sont deux disciplines bien distinctes. Le yoga est une pratique millénaire née en Inde. Quant au Pilates, la méthode a été créée par Joseph Pilates, un Allemand, il y a maintenant un siècle. Le yoga l'a influencé et l'a poussé à mettre au point sa propre technique. Voici quelques points relevant les différences entre le yoga et le Pilates :

Le yoga

- Cette discipline mise sur l'alliance du corps et de l'esprit ;
- Peut se pratiquer avec des enfants ;
- Le travail musculaire se fait sur la base d'étirements, d'enchaînements de postures avec une respiration abdominale puis se termine par une séance de méditation.

Le Pilates

- S'adresse essentiellement au corps et se base davantage sur une activité physique que philosophique ;
- La session est composée d'une série d'exercices avec des pauses, contrairement au yoga ;
- Le but est de travailler les muscles profonds.

JEUX

COMBIEN DE CUBES MANQUE-T-IL ?

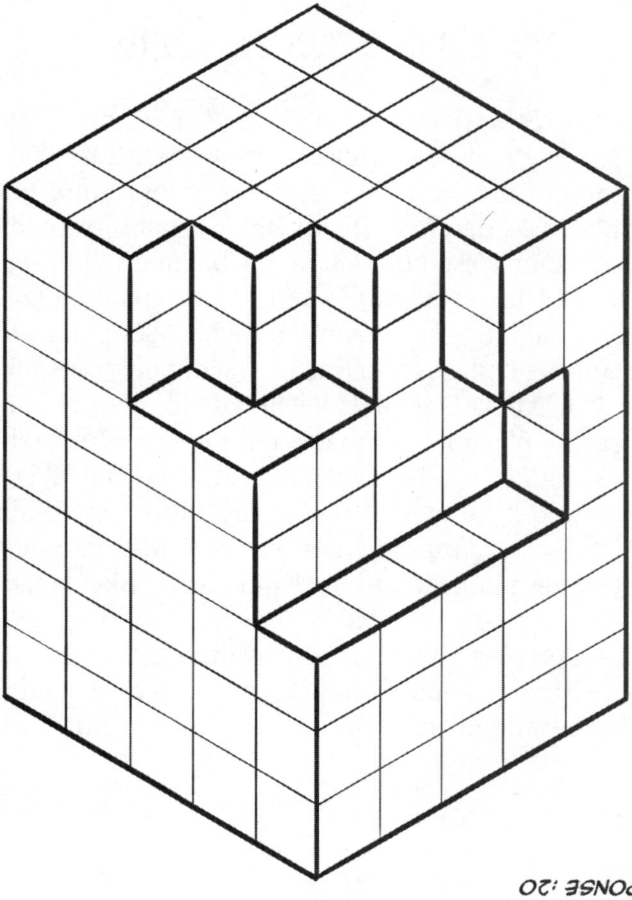

RÉPONSE : 20

Pourquoi de nombreux personnages de dessins animés n'ont-ils que quatre doigts ?

Vous vous êtes peut-être déjà demandé pour quelle raison Mickey n'avait que **quatre doigts au lieu de cinq** ? Il faut remonter aux années 1920 pour comprendre que la fabrication d'un dessin animé n'était pas aussi rapide que maintenant, et c'est pour cette raison que Walt Disney avait dessiné la petite souris fétiche le plus simplement possible. Il fallait, en effet, projeter **24 images** par seconde pour qu'on ait l'impression que le dessin bouge, ce qui fait près de **15 000 dessins** pour **10 minutes** de film ! Mickey n'est pas le seul à n'avoir que quatre doigts, regardez bien les mains de Pinocchio, les sept nains de Blanche-Neige, le génie d'Aladdin, les souris de Cendrillon ou les balais de Fantasia. Aujourd'hui, de nombreux films d'animation sont fabriqués par ordinateur, ce qui facilite bien la tâche !

Petite info en plus : Walt Disney avait pourtant raison en dessinant Mickey à quatre doigts puisque, dans la vraie vie, les souris n'ont que quatre doigts aux pattes avant !

« J'ai aperçu ta copine l'autre jour mais elle ne m'a pas vu !

– Je sais… Elle me l'a dit. »

QUI EST L'INTRUS ?

CHARANÇON

HANNETON

COCCINELLE

TÉNÉBRION

DERMESTE

VRILLETTE

Solution : Coccinelle. Parmi tous ces coléoptères, elle est un insecte utile et non nuisible puisqu'elle se nourrit de pucerons.

Le saviez-vous ?

La différence entre un chiite et un sunnite ?

La Ligue arabe est surtout composée de pays sunnites, et l'Iran est la grande puissance chiite. Voici de quoi pouvoir les différencier plus facilement :

Le chiisme

- Courant concernant 15 % des croyants musulmans. Majoritaire en Iran et Irak ;
- Le successeur du prophète Mahomet serait son gendre Ali ;
- Pas de *sunna* « législative » (seule celle transmise par Ali compte), mais plus de liberté individuelle ;
- Le pouvoir politique doit être distinct des autorités religieuses.

Le sunnisme

- Courant majoritaire de l'islam, 85 % des croyants ;
- Le successeur du Prophète serait l'un de ses compagnons, Abou Bakr ;
- La *sunna* décrit les faits et gestes du Prophète à imiter ;
- L'autorité politique et religieuse peut être fondue dans une même personne.

CARRÉ MAGIQUE

MOYEN

Obtenez la somme de **34** sur toutes les lignes horizontales et verticales !

	8		12
15		3	6
	5	16	
14			7

Solution page 602

L'Académie française
a validé la féminisation
des noms. On ne dit plus
auteur pour une femme,
mais autrice.

Je vous présente
Mme Katroume, autrice.

Mais où est passée la télécommande ?

En 2011, une étude a mesuré qu'une télécommande perdue avait presque **une chance sur deux** d'être coincée entre les coussins du canapé. Dans **4 % des cas**, la télécommande est retrouvée dans un frigo ou un congélateur, et, dans **2 %** des cas, elle est carrément retrouvée... dans la voiture !

Comment bien cicatriser une coupure ?

Comment cicatriser une blessure ou une coupure sur l'extrémité d'un membre ?

- Pour une coupure superficielle, il faut, en premier lieu, nettoyer la plaie et en retirer les éventuels corps étrangers. On peut la passer sous l'eau, puis la désinfecter avec un liquide comme de l'alcool médical.
- Ensuite, couvrir la plaie, appliquer une compresse avec de la pommade cicatrisante ou des pansements humides. Évitez donc une compresse sèche à ce stade.
- Lorsque la plaie a commencé à se refermer mais qu'on voit encore du rouge, on peut la protéger avec un pansement mais avec un tissu sec. Continuer à la nettoyer à chaque changement de pansement.
- Le dernier stade est quand la plaie ou la coupure devient un peu rose, c'est à ce moment que la cicatrisation est bien engagée et qu'il n'y a plus qu'à attendre le processus de réparation. On peut donc se passer de soins réguliers tout en faisant attention aux éventuels risques.

Évidemment, en cas de doute, il est conseillé de consulter un professionnel de santé qui saura donner de bons conseils et décider si la blessure est importante ou non.

Humour

Un voleur entre dans la maison d'un couple en plein milieu de l'après-midi. Il ligote la femme et demande à l'homme de lui remettre l'argent et les bijoux.
L'homme se met à sangloter :
« Vous pouvez prendre ce que vous voulez mais, s'il vous plaît, détachez-la et laissez-la partir… pitié !!! »
Le voleur lui répond :
« Tu dois vraiment aimer ta femme, toi ! »
L'homme, paniqué :
« Non, mais elle doit arriver d'une minute à l'autre !!! »

Des musiciens tout ouïe...

Mozart avait « l'oreille absolue », c'est-à-dire la faculté de pouvoir reconnaître ou chanter n'importe quelle note, sans avoir de repère. En Europe et aux États-Unis, seule une personne sur 10 000 serait dotée de cette capacité. Aujourd'hui, on pense que tout le monde aurait potentiellement cette aptitude à la naissance et qu'elle se construit par apprentissage durant les premières années, comme le langage. 95 % des musiciens doués de l'oreille absolue ont ainsi commencé la musique avant l'âge de 7 ans.

Les brèves incroyablement vraies du WC BOOK

- Les noix de coco tuent plus de gens que les requins !
- Si on mettait les poumons à plat, ils couvriraient 140 m^2, soit la moitié d'un terrain de tennis.
- Une nuit blanche provoque au corps une perte de 161 calories supplémentaires.
- 70 % de toutes les épices du monde proviennent d'Inde.

Très déçu de cette
première réunion
aux alcooliques
anonymes.

Y'a même pas
eu de pot de
bienvenue !

Avez-vous
vu la mine du
parrain ?

AVEZ-VOUS
VU LA PINE DU
MARIN ?

JEUX

COMBIEN DE CUBES MANQUE-T-IL ?

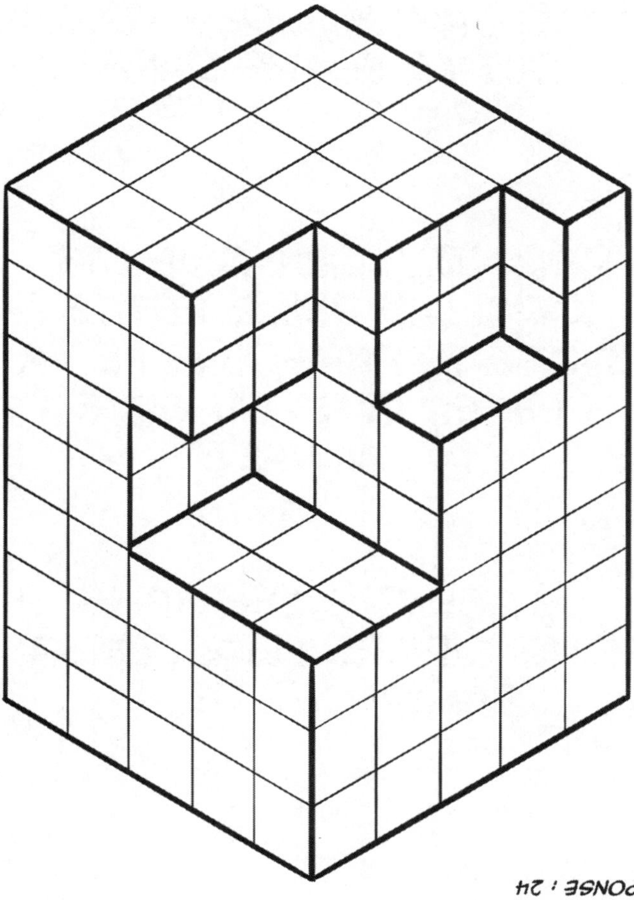

RÉPONSE : 24

LES QUESTIONS À LA CON

POURQUOI CAPTONS-NOUS BEAUCOUP MIEUX LES 20 RÉSEAUX WIFI DES VOISINS QUE LE NÔTRE DANS LA PIÈCE À CÔTÉ ?

POURQUOI QUAND JE DIS « J'AI UNE BELLE PETITE CHATTE », PERSONNE NE VA PENSER TOUT DE SUITE À L'ANIMAL ?

EST-CE QUE LES NAINS PEUVENT FAIRE LEUR BONSAÏ GÉNÉALOGIQUE ?

Charlotte est exaspérée de voir son petit garçon, Louis, faire sans cesse des bêtises tout au long de la journée. Elle va voir sa grande copine Isabelle, mère de 3 enfants et qui est souvent de bon conseil.

« Isa, je ne sais plus quoi faire avec Louis. Il me rend folle en enchaînant bêtise sur bêtise !

– Achète-lui un vélo !

– Tu crois que ça lui passera l'envie de faire des bêtises ?

– Non… mais il ira les faire plus loin ! »

Le palmarès régional des pires conducteurs.

Une étude comparative effectuée en France en se basant sur des devis d'assurance entre janvier 2019 et novembre 2020 révèle plusieurs chiffres :

- **70 %** des mauvais conducteurs sont des hommes ;
- **35 %** des **18-25 ans** et **30 %** des **26-35 ans** sont parmi les plus mauvais conducteurs ;
- **16 %** des mauvais conducteurs proviennent de l'Île-de-France ;
- **14 %** des régions Auvergne-Rhône-Alpes ;
- **10 %** des Hauts-de-France.

Sont bonnes élèves les régions suivantes :

- Le Centre-Val-de-Loire, avec **3,7 %** de mauvais conducteurs ;
- Bordeaux et la Gironde, **3,1 %** ;
- La Haute-Garonne, **2,5 %** ;
- La Bretagne, **4,1 %** ;
- La Bourgogne-Franche-Comté, **4,1 %**.

Ceux qui ont encore des progrès à faire :

- La Nouvelle-Aquitaine, avec un taux de **8,8 %** de mauvais conducteurs.

Je suis tripolaire.
J'ai un côté calme.
J'ai un côté fou.
Et j'ai un côté obscur.

Le saviez-vous ?

Pourquoi, jusqu'en 1860, les dobermans ne mordaient-ils jamais les facteurs ?

Parce que les dobermans n'existaient pas encore ! La race a été créée vers 1860 par l'Allemand Frédéric Louis Dobermann (avec deux *n* !). Son métier était d'aller chez les gens pour collecter les impôts. Et pour se défendre contre les voleurs, il avait besoin d'un grand chien qui sache bien mordre. Comme il n'en trouvait pas à son goût, il décida d'en créer un lui-même ! Travaillant bénévolement dans le chenil de la ville, il prit des chiens de différentes races – rottweillers, beaucerons, lévriers, pinschers – et les fit se reproduire entre eux. Il sélectionna ensuite deux chiots dont les caractéristiques l'intéressaient. Plus grands, ils se reproduisirent pour former une nouvelle race, et les chiens furent baptisés par le nom de leur créateur, mais avec un seul *n* !

Quelle est la différence entre Rocco Siffredi et un homme politique ?

Rocco Siffredi ne peut enculer qu'une personne à la fois.

Humour anglo-saxon !

« Parfois, je me lève le matin et je regrette que mes parents se soient rencontrés. »
Bill Fitch

« La maîtresse parfaite est celle qui se transforme en pizza à 4 heures du matin. »
Charles Pierce

« Si vous avez attrapé un éléphant par une patte de derrière et qu'il cherche à s'enfuir, il vaut mieux lâcher prise. »
Abraham Lincoln

« Mon frère est homosexuel, mais mes parents s'en fichent du moment qu'il épouse un médecin. »
Elayne Boosler

« Vous plaisantez ! Ils ne réussiraient même pas à tuer un éléphant à cette dist… »
Général John Sedgwick

Humour

« Depuis que je suis marié, je n'ai plus
de problème de mauvaise haleine puisque
je n'ai plus l'occasion d'ouvrir la bouche. »
Rodney Dangerfield

« Aux États-Unis, 80 % des hommes mariés trompent
leur femme et 20 % les trompent en Europe. »
Jackie Mason

« Un Canadien, c'est comme
un Américain mais sans le fusil. »
Anonyme

« La Californie est un endroit formidable,
à condition d'être une orange. »
Fred Allen

« Plutôt que de me marier une nouvelle fois,
je vais directement offrir une maison
à une femme que je n'aime pas. »
Lewis Grizzard

« C'est une femme inodore et sans saveur
mais pas incolore parce qu'elle a des varices. »
John Purple

Humour

« Il n'y a qu'une seule chose que les femmes ne pourront jamais nous enlever, c'est le fait que nous mourrons plus tôt. »
P. J. O'Rourke

« C'est quand même marrant. Un jour, vous recevez une facture de téléphone et vous vous rendez compte que vos enfants sont des adolescents. »
Milton Berle

« Si la vie était juste, Elvis serait toujours en vie et tous ses sosies seraient morts. »
Johnny Carson

« Ça ne sert à rien de faire le ménage. Au bout de quatre ans, la poussière ne s'accumule pas davantage. »
Quentin Crisp

« Je ne suis pas du tout snob. Tu peux demander à n'importe qui. Enfin, pas à des ploucs. »
Simon LeBon

« Si Dracula ne peut pas voir son reflet dans la glace, comment se fait-il qu'il soit toujours aussi bien coiffé? »
Steven Wright

« J'ai appris l'autre jour que les Témoins de Jéhovah ne célébraient pas Halloween. J'imagine que ça les énerve quand des inconnus viennent sonner à leur porte. »
Bruce Clark

« Je n'ai jamais tué quelqu'un, mais j'ai pris plus d'une fois du plaisir à lire la rubrique nécrologique. »
Clarence Darrow

« Si j'en crois Bill Clinton, le sexe oral n'est pas considéré comme une relation sexuelle. Dans ce cas, il y a une pute qui me doit 50 $. »
David Letterman

« Vous, les femmes, vous n'avez pas besoin de simuler des orgasmes, parce qu'on se moque de savoir si vous en avez ou pas. »
Kenneth Brennan

« Une fois que les joueurs de rugby ont réussi à enfiler leurs chaussures et à nouer leurs lacets, tout le côté cérébral de ce sport est terminé. »
Derek Robinson

LABYRINTHE

FACILE

SUDOKU

MOYEN

			7					
	3			9		2		
1	5			8				6
4		8				1		
	1						3	
		2				9		5
9				4			8	2
		6		7			1	
					5			

Solution page 613

CARRÉ MAGIQUE

DIFFICILE

Obtenez la somme de **260** sur toutes les lignes horizontales et verticales !

1	56	58	15	33			31
14		5	52	30	42	37	
7	50		9		34	32	41
	61	3	6	28	29	35	
	13	51		44	45	19	22
55	2	16	57		18		25
62		53	4	46		21	36
49	8	10		17	40	26	47

Solution page 602

Dans les séries américaines, ils se réveillent, café, jus d'orange, œuf, fruits, pancakes, donuts, rires, bisous, et départ au travail…
Moi, je me lève, je pisse, et je suis déjà en retard !

QUI EST L'INTRUS ?

GARRY KASPAROV

BOBBY FISCHER

ANATOLI KARPOV

VLADIMIR SALNIKOV

VLADIMIR KRAMNIK

MAGNUS CARLSEN

Solution : Vladimir Salnikov n'a jamais été champion du monde d'échecs, contrairement à tous les autres joueurs. Surnommé « le Tsar », c'était un nageur, quadruple champion olympique en 1980 et plusieurs fois champion du monde et d'Europe.

DOIT-ON TAXER LE BÉNÉFICE DU DOUTE ?

CUCURBITACÉE, CELA VEUT-IL DIRE QU'ON EN A ASSEZ DE LA SODOMIE ?

QUI EST LA PREMIÈRE PERSONNE QUI A EU L'IDÉE GÉNIALE DE FAIRE UNE FELLATION À QUELQU'UN ?

Le saviez-vous ?

Un roi qui n'aimait pas le football

En 1457, le football et le golf étaient interdits en Écosse par décret royal ! Jacques II (roi de 1437 à 1460) avait tout simplement peur que les hommes délaissent la pratique du tir à l'arc qu'il jugeait beaucoup plus utile pour protéger son royaume contre l'ennemi anglais…

Comment dit-on « canicule » ?

– En corse : *î calori.*

– En basque : *bero olatu.*

– En alsacien : *Hitze.*

– En breton : Ta gueule, connard !

Charade

Mon **premier** veut dire

DEUX FOIS,

Mon **second** est précieux au

JEU D'ÉCHECS,

Ma **troisième** se fait

MARCHER DESSUS

tous les jours,

Mon **quatrième** assure le

CONTRAIRE.

Mon **tout** se trouve à **L'EST**.

Solution : Bi-Elo-rue-si (Biélorussie).

OUF ! C'EST PLUS LOURD QUE JE NE L'IMAGINAIS ...
ATTENDS, JE VAIS CHERCHER LE DIABLE.

Avec quel tirage de 7 lettres fait-on le plus de mots ?

Avec les lettres AIENRST, on peut écrire 20 anagrammes ! En voici la liste : tsarine, traînes, sentira, riantes, entrais, transie, insérât, satiner, sériant, serinât, tarsien, arisent, taniser, ratines, résinât, rentais, inertas, arétins, tarines et retsina.
Vous pouvez vérifier, ces mots sont bien dans le dictionnaire ! À retenir pour sa prochaine partie de Scrabble.

Combien de fois
pouvez-vous soustraire
10 de 100 ?

Une fois.
Parce qu'ensuite,
on soustrait
10 de 90.

Le saviez-vous ?

Une chanson qui le fait pleurer à chaque fois

Jérôme Commandeur est un comédien sensible et mélomane ! Ce grand amateur de musique avoue pleurer à chaque fois qu'il entend le titre « Unintended » du groupe Muse : « La chanson du siècle, un véritable joyau. »

Belinda, la cagole, vient se plaindre auprès de son patron :

« Monsieur, franchement, je ne suis pas contente parce que mon salaire n'est en rapport ni avec mes capacités ni avec mes facultés intellectuelles !

– Je sais Mademoiselle... Mais je ne vais tout de même pas vous laisser crever de faim ! »

JEUX

MOTS MÊLÉS

Lacs

Saurez-vous retrouver chacun des mots cachés dans ce tableau ?

Les mots peuvent être écrits horizontalement, verticalement, en diagonale ou à l'envers.

Mots à trouver :

1) ARAL
2) BAIKAL
3) ERIE
4) GURI
5) MALAWI
6) MELVILLE
7) NASSER
8) NICARAGUA
9) NIPIGON
10) ONEGA
11) ORUMIEH
12) QINGHAI
13) TANA
14) TANGANYIKA
15) TITICACA
16) TORRENS
17) TURKANA
18) VAN
19) VANERN
20) VICTORIA
21) VOLTA

JEUX

A	B	X	L	D	V	C	N	A	V	B	B	C	F	T	V	T	S	P	W
X	C	Q	B	R	X	I	G	L	K	Ç	Ç	A	Q	Z	D	A	O	Q	I
X	X	H	L	C	Y	I	O	T	F	A	I	O	A	S	C	S	K	D	F
V	A	N	E	R	N	S	W	Q	M	Q	G	N	Z	A	G	M	B	U	O
O	W	U	I	I	Z	S	O	P	C	Y	O	R	C	G	F	A	H	C	C
A	X	K	R	S	M	B	Ç	U	E	G	X	I	U	E	U	B	M	V	T
V	K	F	E	A	A	U	O	S	I	H	T	Q	Ç	N	Z	K	V	P	L
B	I	I	W	X	R	G	R	P	I	I	A	C	E	O	C	U	K	A	R
B	B	C	Y	H	A	H	I	O	T	P	Z	U	R	U	J	I	M	C	F
B	F	P	T	N	L	N	F	I	N	Z	Ç	Ç	G	B	K	R	Z	D	H
A	F	I	D	O	A	U	V	W	X	S	Z	U	N	A	A	U	Z	A	I
I	E	A	L	Ç	R	G	N	A	S	S	E	R	E	T	R	G	A	C	E
K	T	H	R	Ç	C	I	N	L	B	N	O	L	H	N	A	A	C	L	X
A	O	G	M	T	A	N	A	A	Ç	S	L	R	K	J	Ç	Ç	C	B	Z
L	R	N	S	E	Ç	U	S	M	T	I	U	W	H	N	M	X	G	I	W
J	R	I	U	T	G	X	X	T	V	B	P	U	V	X	F	P	N	T	N
F	E	Q	T	Ç	Y	A	T	L	O	V	S	I	E	G	D	R	C	G	B
S	N	V	I	V	L	Z	E	P	K	I	E	R	R	Y	Y	W	U	H	O
J	S	T	Ç	B	J	M	B	Ç	S	L	U	O	K	H	O	D	P	M	Z
Q	D	K	R	N	S	C	D	N	O	A	F	H	A	N	A	K	R	U	T

Solution page 606

Quézako ?

A12C4

Solution : À un de ces quatre !

« Mon chéri,
on ne peut pas faire
ça devant le chien…
Il nous regarde !
– Mais non, c'est rien !
– Viens, on sort au
moins du panier ! »

Une vie sous les profondeurs de la mer

L'altitude moyenne de la Terre est de **2 400 m...** sous le niveau de la mer. On l'oublie parfois mais **70 %** de la surface du globe est couverte d'eau. Jusqu'au XXe siècle, on pensait qu'aucune vie n'était possible au-delà de 100 ou 200 m de profondeur, car, l'eau filtrant la lumière, il y fait nuit noire. Mais depuis, des petits sous-marins ont exploré les abysses, et c'est à des milliers de mètres de profondeur, par **2 °C** avec une obscurité totale que l'on a pu observer des poissons aux dents immenses, des calamars géants, des vers marins... Des submersibles ont même découvert d'incroyables oasis sous-marines : à **1 000, 2 000** ou **3 000 m de fond** ! On y a trouvé des bactéries se nourrissant de sulfure d'hydrogène, des vers broutant les bactéries, des crabes dévorant les vers et des coquillages grignotant le reste des animaux morts... Une véritable faune des grandes profondeurs !

Humour

Mamie est âgée de 89 ans et rentre en EHPAD.
Tout le monde est aux petits soins.
Les infirmières la baignent, lui préparent un succulent repas, la sortent dans un magnifique jardin.
Tout semble parfait, lorsque Mamie commence à pencher sur la droite. Instantanément, les infirmières se précipitent et la remettent bien droit dans son fauteuil.
Tout semble aller mieux quand elle commence à se pencher lentement du côté gauche.
Les infirmières accourent et, une nouvelle fois, la redressent bien droit sur son fauteuil.
Quelques jours plus tard, la famille vient rendre visite à Mamie.
« Alors, Mamie ? Tout se passe bien ici ? Tout le monde est gentil avec toi ?
– C'est pas mal du tout. À part qu'ils ne me laissent pas péter ! »

Le saviez-vous ?

Le lexique des phobies, des plus courantes aux plus insolites !

La claustrophobie, cette crainte d'être enfermé(e) dans des petits espaces, ou bien l'agoraphobie, la peur de la foule, sont plutôt connues. Mais il y a d'autres peurs aux noms assez surprenants !

- L'apopathodiaphulatophobie (à vos souhaits !), c'est la peur d'être constipé(e) ! Attention à la surconsommation de laxatifs… mais pas à celle du *WC Book* !

- L'anosmophobie, quant à elle, c'est l'angoisse de perdre l'odorat, une peur qui s'est particulièrement diffusée avec la pandémie de Covid !

- Et le meilleur pour la fin… l'hippopotomonstrosesquipédaliophobie, un mot de 35 lettres qui traduit la peur… des mots longs ! Avis aux Marseillais : le rajout de lettres à la fin des mots est donc à proscrire !

QUI EST L'INTRUS ?

BRIAN WILSON

BRIAN JONES

MICK TAYLOR

BILL WYMAN

CHARLIE WATTS

MICK JAGGER

KEITH RICHARDS

Solution : Brian Wilson. Contrairement aux autres, il n'a jamais fait partie du groupe des Rolling Stones, mais il fut leader des Beach Boys.

CARRÉ MAGIQUE

FACILE

Obtenez la somme de **75** sur toutes les lignes horizontales et verticales !

15	21	27	3	
24			17	18
8		20		7
	23	4		16
	12	13	19	

Solution page 602

Une chanson retrouvée de Daniel Balavoine

Quelle surprise de découvrir un titre inédit, pile au moment du confinement ! « J'étais devenu un homme » de Daniel Balavoine a été retrouvée plus de 43 ans après son enregistrement et près de 35 ans après le décès du chanteur. Elle a été gravée en février 1977 au studio Hoche lors des sessions d'enregistrement du deuxième album du chanteur, *Les Aventures de Simon et Gunther*… Un bien beau cadeau que nous offre Bruno Haye, directeur artistique du catalogue de Balavoine. Il y en a plus d'un à qui ça devrait faire plaisir !

Je suis allé à vélo hier
acheter une bouteille
de whisky. Je me suis dit
que si je tombais du vélo,
je casserais la bouteille.
Alors, je l'ai bue tout entière
avant de rentrer.
Et j'ai bien fait, finalement !
Je suis tombé 7 fois de
mon vélo avant d'arriver
chez moi !

JEUX

JEU DES 7 DIFFÉRENCES

Solution page 618

LABYRINTHE

MOYEN

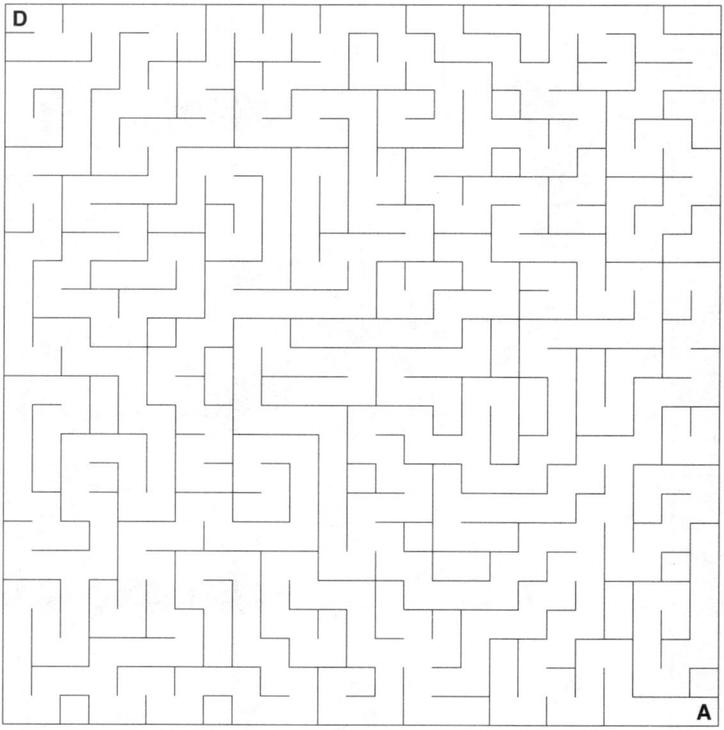

SUDOKU

DIFFICILE

6			4					
	1		5					
		7				2		8
	8		7					4
2	4			8			9	5
5					4		1	
3		4				6		
					3		8	
					9			2

Solution page 613

Pourquoi les supporters de foot de Saint-Étienne ont-ils les mains lisses ? À force de se frotter les mains en disant : « Ah, le prochain match, on le gagne ! » (Blague lyonnaise, bien sûr !)

Pourquoi les vêtements se boutonnent-ils à droite ou à gauche ?

Cela dépend s'ils sont destinés aux hommes ou aux femmes. Cette différence remonte au XVIIe siècle. Elle provient de l'habitude des femmes de haut rang de recourir à une chambrière (femme de chambre) pour se vêtir. Il était plus facile pour ces servantes, souvent droitières, de boutonner une robe quand les boutons étaient cousus à gauche puisqu'elles faisaient face à celle qu'elles habillaient. Les hommes, quant à eux, se vêtaient le plus souvent seuls. Or, il est plus facile pour un droitier de boutonner sa chemise ou son pantalon si les boutons sont cousus à droite. L'industrie du vêtement a gardé cette disparité, y compris pour certaines fermetures éclair.

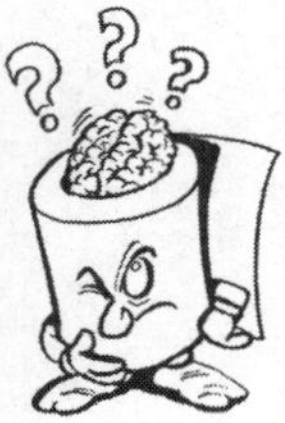

QUIZ

Chimène est un personnage du théâtre de :

a. Molière
b. Jean Racine
c. Pierre Corneille
d. Jean de La Fontaine

Solution : c. Pierre Corneille. Chimène devient un personnage du théâtre français avec *Le Cid*, en 1637.

« Si je fais le bilan,
je crois que j'ai raté
ma vie.
– Mais, chéri… Je suis
là moi, et puis on a les
enfants.
– Oh, ça va, hein !
N'en rajoute pas ! »

Que se passe-t-il lorsqu'un ver de terre est coupé en deux ?

Un lombric coupé en deux ne donne pas naissance à deux vers de terre, malgré ce que l'on pourrait croire.

Les deux bouts bougent en effet quelques minutes, mais seul le plus long repousse pour reformer un ver entier. Le plus court meurt rapidement.

Que dit une
banane non vaccinée
et qui tombe malade
après avoir attrapé
le Covid ?
On va tous mûrir !

Le saviez-vous ?

Boire et déboires au Vatican

Son très faible nombre d'habitants (environ 800) n'est probablement pas étranger à cela... On dénombre 1,5 crime par habitant, surtout de petits vols touchant les nombreux touristes. Il est aussi le pays où la consommation de vin par habitant est la plus élevée au monde ! La première théorie à expliquer ces résultats est que le vin de messe serait un moyen facile de consommer une grande quantité de vin ! La deuxième est que le supermarché du Vatican, l'Annona, est sans taxe !

JEUX DE MOTS

Arriverez-vous à répéter aussi rapidement que possible ces phrases ? Pas si sûr !

Chat vit rôt.
Rôt plut à chat.
Chat mit patte à rôt.
Rôt brûla patte à chat.
Chat retira patte et quitta rôt.

Vos laitues naissent-elles ?
Oui, mes laitues naissent.
Si vos laitues naissent,
Mes laitues naîtront.

Rat vit riz,
Rat mit patte à ras,
Rat mit patte à riz,
Riz cuit patte à rat.

POURQUOI LES TEE-SHIRTS SIGLÉS « TIBET LIBRE ! » SONT-ILS *MADE IN CHINA* ?

À QUEL ÂGE DOIT-ON AVOUER À SON ANIMAL DE COMPAGNIE QU'IL A ÉTÉ ADOPTÉ ?

POURQUOI LA PHOTOCOPIEUSE DU BOULOT EST COMPLIQUÉE AVEC TOUS SES BOUTONS ET SES FONCTIONS, ALORS QU'ON APPUIE TOUJOURS SUR LE MÊME BOUTON VERT ?

Au jardin public, la petite Léa, 4 ans, joue avec sa poupée. Le petit Mario, 5 ans, s'approche d'elle et lui dit :

« Bonjour ! Je peux jouer avec toi ?

– Oui, d'accord…

– Je vais faire le papa, alors.

– D'accord… ALORS, BOUGE TON GROS CUL ET VA TRAVAILLER !!! »

Comment appelle-t-on des jumeaux qui naissent collés l'un à l'autre ? Et pourquoi ?

En 1811, dans le pays de Siam, rebaptisé Thaïlande, une femme chinoise donne naissance à des jumeaux, Chang et Eng, qui s'étaient anormalement développés dans le ventre de leur mère : les bébés naissent soudés l'un à l'autre par le bassin. Pourtant, ils survivent et grandissent bien, si ce n'est qu'ils ne peuvent se quitter d'une semelle. À 24 ans, ils sont emmenés en France pour être opérés. Tous les pays parlent alors de ces jumeaux venus de Siam, ces frères siamois. L'opération de séparation est malheureusement trop risquée, et aucun chirurgien ne veut la tenter. Qu'importe ! Les frères poursuivent leur route, toujours collés l'un à l'autre, jusqu'en Amérique. Là-bas, ils se marient à deux sœurs – séparées, elles – et ont 22 enfants (11 chacun). Ils meurent en 1874, à presque 63 ans, à trois heures d'intervalle. Depuis, les jumeaux collés sont appelés siamois !

Un frère peut être soudé à sa sœur ?

Non. Un frère peut avoir une sœur jumelle : ce sont alors de faux jumeaux, qui se sont formés à partir de deux ovules – deux œufs – distincts. Les siamois, eux, proviennent d'un seul et même ovule, qui s'est mal divisé en deux. Les siamois sont donc toujours de vrais jumeaux. Et, forcément, ce sont soit deux garçons, soit deux filles (sœurs siamoises).

J'ai signé un contrat en viager avec Michel Drucker. Il souhaite récupérer ma maison après mon décès.

Que veut dire kamikaze ?

Depuis la Seconde Guerre mondiale, il signifie « suicidaire » : c'était le surnom des pilotes japonais précipitant leur avion sur les navires ennemis. À l'origine, ce terme, symbolisant la victoire, voulait dire « vent divin ». Il se réfère à un ouragan qui, le 13 août 1281, avait détruit la flotte mongole de Koubilaï Khan venue envahir le Japon.

« Ma femme s'est barrée avec mon meilleur ami.
– Ah oui ? Mais c'est qui ?
– Aucune idée… Mais c'est mon meilleur ami. »

CARRÉ MAGIQUE

MOYEN

Obtenez la somme de **42** sur toutes les lignes horizontales et verticales !

3	14		16
17		11	
12	5		
		4	13

Solution page 602

AH

Cette nuit encore, mon sexe et moi en sommes venus aux mains.

Après avoir débranché, il se laissa couler dans son bain

APRÈS AVOIR DÉCOUCHÉ, IL SE LAISSA BRANLER DANS SON BAIN

JEUX

MOTS CROISÉS

HORIZONTALEMENT

1. Spécialité italienne de pain
2. Baptisa
3. Néodyme - Planche de bois
4. Interjection - Adverbe de lieu
5. Secrétaire de rédaction - Adverbe de lieu - Los Angeles
6. Adepte de la philosophie de Hegel
7. Opposé à l'écrit
8. Récompense

VERTICALEMENT

I. Magasin d'audiovisuel
II. Durcira
III. Coulée de lave hawaïenne - Content
IV. Absorbée - Gardé
V. Argent - Poil
VI. Assassinai - Commune française de la Mayenne
VII. Classement - Largeur d'une étoffe
VIII. American Astronomical Society - Commune d'Eure-et-Loire

	I	II	III	IV	V	VI	VII	VIII
1								
2								
3			■		■			
4				■			■	■
5			■			■		
6								
7					■		■	
8								

Solution page 616

Humour

Le petit Lucas demande à sa mère :
« Qui a acheté les fauteuils de la maison ?
– C'est ton oncle.
– Et la télé ?
– C'est un ami de Paris.
– Et le lit ?
– C'est un cousin qui me l'a offert.
– Donc, Papa n'a rien donné pour notre maison ?
– Si je devais compter sur ton père, même toi tu ne serais pas né ! »

Un demi-million de beaux-pères !

Il existe **584 000 beaux-pères** pour **212 000 belles-mères**. La population en France des beaux-parents est ainsi majoritairement masculine ! Ils sont presque trois fois plus nombreux ! C'est donc à eux de trouver leur place dans une famille recomposée, ce qui est loin d'être simple…

Il paraît que
tout le monde a
un bon côté.
Je dois être un
cercle…

MAIS SI,
TOUT LE MONDE
A UN BON CÔTÉ !

LABYRINTHE

DIFFICILE

SUDOKU

MOYEN

6	7				5	3		
	9		6		8		2	
			1		3	5		6
	8				1			7
5	1						6	9
9			2				1	
7		8	3		4			
	5		8		2		7	
		2	7				4	8

Solution page 613

En montrant du doigt un gars qui dort sur une table de la brasserie, le patron demande à son serveur :
« Mais pourquoi tu ne le réveilles pas ?
– Je l'ai déjà fait cinq fois !
– Alors pourquoi tu ne le mets pas dehors ?
– Parce qu'à chaque fois que je le réveille, il me demande l'addition, paye et me laisse un pourboire ! »

Littérature érotique pour éjaculateurs précoces

- Chapitre 1 -

Elle le regarda.

FIN

JEUX

MOTS MÊLÉS

Monnaies du monde

Saurez-vous retrouver chacun des mots cachés dans ce tableau ?

Les mots peuvent être écrits horizontalement, verticalement, en diagonale ou à l'envers.

Mots à trouver :

1) BOLIVIANO
2) DALASI
3) DINAR
4) DOLLAR
5) EURO
6) FRANC
7) GOURDE
8) KUNA
9) LARI
10) LEK
11) LEMPIRA
12) LEV
13) LIVRE
14) MANAT
15) MARK
16) NAIRA
17) NAKFA
18) PESO
19) PULA
20) QUETZAL
21) RAND
22) RIEL
23) ROUBLE
24) RUPIAH
25) SHILLING
26) SOM
27) TAKA
28) WON
29) YEN

JEUX

U	N	M	D	Y	R	N	Z	J	M	Q	M	E	W	I	M	N	I	N	P
Q	Q	A	X	S	N	L	K	R	A	M	S	O	Z	J	Y	S	U	W	X
F	C	N	J	H	R	Ç	U	D	D	O	N	A	I	V	I	L	O	B	J
E	U	A	V	L	H	U	S	A	U	J	A	M	A	C	A	S	U	N	Q
D	I	T	X	A	R	A	N	D	Ç	E	K	F	U	L	B	L	T	Z	H
N	A	S	I	Y	Q	U	H	I	R	O	E	T	P	N	E	N	R	C	E
A	T	P	A	F	K	A	N	N	H	Ç	D	E	X	L	F	I	T	U	K
R	U	X	I	L	Z	Q	I	A	O	J	R	J	W	D	B	F	R	G	T
R	M	T	A	K	A	X	L	R	U	N	U	L	G	O	I	U	Z	C	X
N	L	B	Z	Q	T	D	B	I	P	Y	O	A	K	E	K	D	Y	P	M
F	E	O	E	R	V	I	L	O	I	N	G	Z	K	E	E	G	Q	Y	N
P	V	S	M	O	S	E	P	C	E	X	B	T	Y	R	C	N	A	R	F
P	Q	T	W	R	M	C	N	B	V	E	S	E	O	P	H	I	T	W	B
I	L	E	K	P	O	V	L	I	Y	Q	U	U	W	O	N	L	E	B	L
R	D	P	I	U	F	E	W	O	O	A	B	Q	U	C	J	L	B	I	A
A	M	R	K	L	S	U	R	A	L	L	O	D	M	Ç	C	I	N	Ç	I
L	A	T	O	A	M	R	Z	Y	E	H	N	A	G	N	Z	H	F	X	H
T	A	S	E	H	E	O	F	E	N	H	E	V	E	K	N	S	S	M	A
N	A	I	R	A	Y	P	S	E	X	I	Z	S	P	Q	D	O	I	E	M
J	S	K	M	R	L	U	Y	R	F	C	F	V	H	D	A	A	F	Z	D

Solution page 606

Le saviez-vous ?

Un minuscule détail qui change tout

Différencier les jumeaux Dupond et Dupont de *Tintin* n'est pas chose facile. Pas d'inquiétude, voici la solution.

• Dupond : au niveau de sa moustache, on peut remarquer qu'il a une pilosité dont les bords tombent bien droits, à la façon d'un D que l'on aurait renversé !

• Dupont : pour lui, c'est plutôt le poil rebelle, sa moustache rebique légèrement sur les côtés, comme si elle avait la forme d'un T inversé.

Petite anecdote : Hergé aurait laissé entendre que ces deux frères servaient à pasticher et dénoncer les gens tellement sérieux et obsédés par leur travail qu'ils en oublieraient le discernement ou l'humanité…

BANG
PURÉE, QUEL PÉT !
OUI, JE CROIS QUE J'AI DÉPASSÉ LE MUR DU FION.

QUIZ

Les aventures d'Arsène Lupin ont été écrites par :

a. Franck Thilliez
b. Bernard Minier
c. Arthur Conan Doyle
d. Maurice Leblanc

Solution : d. Maurice Leblanc. Né à Rouen en 1864, il est l'un des pionniers du roman policier. Entre 1907 et 1941, il écrit 17 romans, 39 nouvelles et 5 pièces de théâtre contant les aventures du gentleman cambrioleur.

« Mon chéri, tu vas faire quoi aujourd'hui ?

– Avec un pote, on va aller s'acheter des lunettes.

– D'accord… et après ?

– Ben… après, on verra bien. »

Le saviez-vous ?

Pourquoi, sur un clavier d'ordinateur, les lettres ne sont-elles pas mises dans l'ordre alphabétique ?

L'ordre des lettres a été choisi pour qu'on tape... le moins vite possible ! En 1868, l'Américain Christopher Sholes fabriqua une machine à écrire qu'il voulait commercialiser. En appuyant sur la touche A du clavier, une tige au bout de laquelle se trouvait un A en relief se levait. La lettre tapait sur une bande imbibée d'encre, placée devant la feuille de papier. La lettre A s'imprimait, puis la tige revenait en arrière. Il y avait une tige par lettre de l'alphabet, et ces lettres étaient placées dans l'ordre alphabétique. Cependant, les secrétaires tapaient trop vite et la tige avait à peine le temps de revenir en arrière que la suivante était déjà là ! Sholes mélangea les lettres dans le but de ralentir la frappe. Il plaça, par exemple, les lettres très utilisées (A, E, R, S et T) sous la main gauche, a priori la moins habile. Il prit également soin de séparer les lettres qui sont souvent ensemble, comme le Q et U. Il obtint un clavier appelé QWERTY, à cause des lettres situées en haut à gauche. L'adaptation française est le clavier AZERTY.

En 1936, un nouveau clavier a été conçu pour permettre, cette fois-ci, la frappe la plus rapide possible. Conçu par l'Américain August Dvorak, il regroupe sur la ligne centrale l'ensemble des voyelles et les consonnes les plus utilisées. Mais ce clavier ne s'est jamais imposé et on utilise toujours la vieille disposition.

La jolie Lucie décide d'aller à l'église pour se confesser.

Elle entre dans le confessionnal et dit au curé en chuchotant :

« Bénissez-moi, mon père, car j'ai péché…

– Je t'écoute…

– Voilà… J'ai couché avec le curé d'une ville voisine.

– Tu as mal agi, ma fille, car c'est ici ta paroisse ! »

CARRÉ MAGIQUE

DIFFICILE

Obtenez la somme de **276** sur toutes les lignes horizontales et verticales !

51	16			19	48	22	49
62	57	11		46	41	27	
	4	18	53	31	36	34	37
10	61	55	12		29	39	
	13	7	60		45	23	28
15	52	66	5	47			21
14	9		56	30	25		40
3		6	65	35		38	33

Solution page 602

Charade

Mon **premier** est
ÉTONNANTE en latin,
Ma **TÊTE** est parfois dans mon **second**,
Mon **troisième** dévore la
GRAND-MÈRE,
Mon **quatrième** est le **BRUIT**
du serpent.
Mon **tout** est le pouvoir de
LADYBUG.

Solution : Mira-cul-loup-Sss (Miraculous).

Cherche vélo d'appartement pour me rendre à mon télétravail.

L'implication de Brigitte Bardot dans la cause animale

L'amour inconditionnel de BB pour les animaux provient de son enfance. Elle vivait dans une famille bourgeoise et reçut une éducation stricte. Enfant, elle avait sauvé la souris que son père voulait tuer. La pire anecdote est celle de son lapin Noireau. La jeune Brigitte n'avait pas eu le temps d'agir : sa famille avait osé le lui servir pour le déjeuner ! C'est une histoire qui la fait pleurer encore aujourd'hui, à l'âge de 86 ans.

« Chérie, pourquoi tu t'es mariée avec moi ?
– PARCE QUE TU ES DRÔLE…
– T'es sérieuse ? Je pensais que c'était parce que je suis un bon coup au lit !
– AH ! AH ! AH ! TU VOIS QUE TU ES DRÔLE ! »

En quoi cette phrase est spéciale ?

Portez ce vieux whisky au juge blond qui fume.

Solution : C'est à la fois le plus célèbre des pangrammes (énoncé qui comporte toutes les lettres de l'alphabet), une phrase où toutes les consonnes ne sont utilisées qu'une seule fois, et c'est un alexandrin (avec césure à l'hémistiche).

Humour

Aéroport de Moscou : grève de dernière minute des prestataires de services, ce qui fait que dans l'avion, il n'y a que 40 repas disponibles pour 130 passagers.
L'avion décolle pour Varsovie.
L'équipage est désemparé.
Mais le chef de cabine a une idée et annonce, nerveusement, au micro :
« Nous sommes vraiment embêtés par ce problème indépendant de notre volonté, mais nous n'avons que 40 repas pour 130 passagers. Nous allons vous proposer quelque chose : toute personne qui a vraiment du cœur et qui cédera son repas à quelqu'un d'autre recevra des boissons et liqueurs gratuites, et ce, de façon illimitée durant tout le vol. »
Une heure après, nouvelle annonce du chef de cabine :
« Si quelqu'un change d'avis, nous avons encore 40 repas disponibles. »

« Mon lit est à moitié plein ! »

Un célibataire optimiste

Mais à quoi sert le creux sous les bouteilles de vin ?

À ce qu'elles soient stables quand on les pose sur une table. Ce creux, appelé « piqûre », est une innovation apparue vers le IVe siècle. Jusqu'alors, les flacons avaient un fond plat réalisé par aplatissement d'une sphère de verre chauffé. Mais la planéité du cul (et de la table !) n'étant jamais parfaite, ces flacons étaient souvent bancals. La piqûre formant une sorte d'anneau, les points de contact entre la bouteille et la table ne sont désormais plus répartis sur une surface mais seulement sur une circonférence. Les petites variations de matière sont alors sans importance. En effet, il suffit de trois points en contact avec la table pour que la bouteille soit toujours stable, tout comme un tabouret à trois pieds.

La maîtresse au petit Léon, 8 ans : « Sais-tu comment se reproduisent les hérissons ?

– Oui ! En faisant très, très attention ! »

Le saviez-vous ?

Garder quelqu'un éveillé peut-il finir par le tuer ?

Une expérience menée chez des rats prouve que oui. Ayant enfermé et placé l'animal sur une platine tournante, l'enregistrement des ondes cérébrales du rongeur laisse suggérer qu'il commence à s'assoupir. Mais la rotation l'oblige à rester éveillé. Après une semaine passée ainsi, le rat montre des signes de tension : lésions apparues sur sa queue et ses pattes, irritabilité et chute de la température de son corps alors que l'animal cherche à le rendre plus chaud que d'ordinaire. Ainsi, il mange deux fois plus que d'habitude, mais perd 10 à 15 % de son poids. Après 17 jours sans dormir, le rat finit par mourir. Le sommeil est donc vital pour lui autant que la nourriture ! Et pour nous ? C'est la même chose !

POUR FAIRE JOUIR UNE PORTUGAISE, FAUT-IL TROUVER SON POINT P ?

POURQUOI HARRY POTTER, S'IL EST VRAIMENT UN GRAND SORCIER, NE SE RÉSOUT-IL PAS À CORRIGER SA VUE PAR MAGIE AU LIEU DE S'OBSTINER À REMETTRE SES LUNETTES RINGARDES SUR LE NEZ ?

LES GRANDS BRÛLÉS, AIMENT-ILS L'HUMOUR AU SECOND DEGRÉ ?

Humour

Un train part de la gare Montparnasse avec énormément de retard.
Durant le voyage, le contrôleur passe. Maurice, 87 ans, lui tend son billet.
Le contrôleur :
« Mais, monsieur, c'est un billet avec une réduction pour enfant que vous avez là !
– Ben, oui… Cela vous donne une idée du temps que j'ai attendu votre putain de train ! »

LETTRES
FACTURES

LABYRINTHE

FACILE

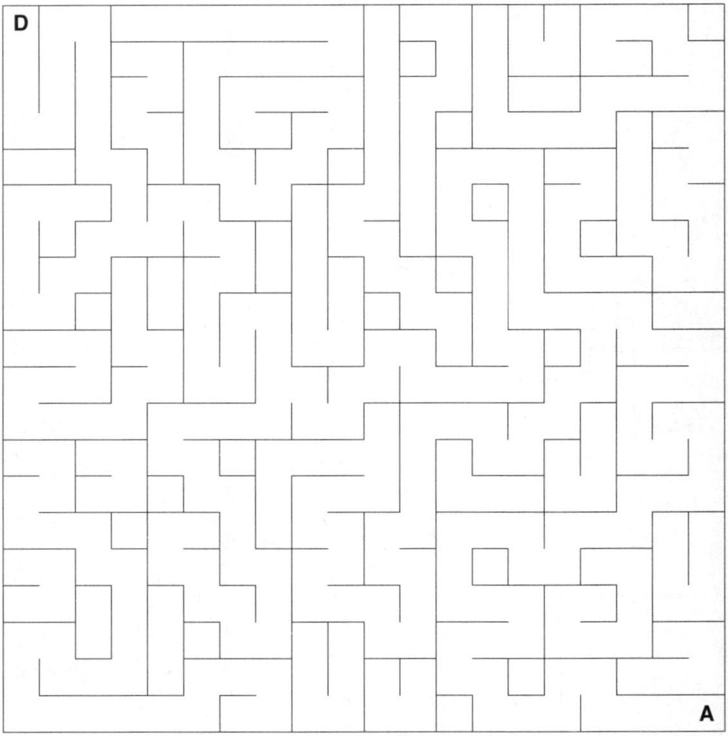

SUDOKU

FACILE

7			5	3				
	6				8		4	3
	1				7	8		
		2	8				5	
	5	9				4	6	
	3				5	1		
		6	7				9	
2	7		9				3	
				8	6			4

Solution page 613

Les blagues les plus pourries du monde :

Quelle est la différence entre
un lapin et une bouteille en plastique ?
Ils sont tous les deux en plastique, sauf le lapin.

« Tu m'égouttes quand je parle ?
– Non, passoire, je suis fatigué. »

J'ai ouvert mon placard et j'ai raconté une blague à mes vêtements…
Ils étaient pliés !

C'est M. Lapin qui dit à Mme Lapin :
« C'est l'heure de lapereaux ! »

Que fait-on aux voleurs de salade ?
On laitue !

Pourquoi les cagoles rentrent-elles dans la basilique
Notre-Dame-de-la-Garde avec du savon ?
Pour l'Ave Maria.

Humour

Un jeune homme entre chez le boucher et lui dit :
« Bonjour monsieur… Je voudrais la main de votre fille. »
Le boucher :
« D'accord. Avec ou sans os ? »

Comment appelle-t-on un chien magique ?
Un labracadabrador.

Comment appelle-t-on le comte Dracula ?
Mon saigneur.

La banquise vient d'être maman.
Elle dit à ses amis icebergs :
« C'est un petit glaçon ! »

« M. Bill Gates, vous avez pris
vos médicaments ce matin ?
- Oui, une dose. »

Que prend un éléphant dans un bar ?
Beaucoup de place.

Ce sont deux patates qui traversent la route.
L'une d'elles se fait écraser.
L'autre dit : « Oh, purée !!! »

Ce sont deux gars qui ont volé un calendrier.
Ils ont pris 6 mois chacun.

Humour

Quelle race de chien peut sauter
plus haut que les bâtiments ?
Toutes, car les bâtiments ne peuvent pas sauter.

Comment appelle-t-on un lecteur de DVD cannibale ?
Un hannibal lecteur.

Quelle est la définition d'un déséquilibré sexuel ?
C'est un gars qui bande et qui tombe en avant.

Un œuf téléphone à un autre œuf :
**« Allô ! Si t'es pas là dans 5 minutes,
je m'casse !!! »**

Après avoir reçu un coup de couteau,
Rimbaud va voir le médecin et lui dit :
« Docteur, j'ai un peu mal vers l'aine... »

Quelle est la différence entre un vieux pneu
et 365 préservatifs usagés ?
Aucune. It was a good year !

Un volcan s'installe à côté d'une colline et lui dit :
« Ça ne te dérange pas si je fume ? »

Pourquoi certains insectes font du bruit en volant ?

Le bourdonnement vient du battement des ailes. Plus il est rapide, plus le son est aigu. Le vrombissement des libellules est plus grave que celui des taons. Quant au bruit particulier des moustiques, il leur sert à communiquer. En présence d'un mâle, une femelle peut élever la fréquence des sons qu'elle produit par battements de **480 à 1 440 Hz**, et le mâle, de **710 à 1 420 Hz**, afin qu'ils soient synchrones. Une fois à l'unisson, vers **1 200 Hz** en moyenne, les deux peuvent s'accoupler. Pour que la synchronisation réussisse, il faut qu'ils soient à quelques centimètres l'un de l'autre.

CARRÉ MAGIQUE

FACILE

Obtenez la somme de **70** sur toutes les lignes horizontales et verticales !

7	13		25	
24		11	12	
16		23		10
3	9	15		22
	26		8	14

Solution page 603

Le Monopoly et les mauvais perdants

Marre d'en avoir toujours un qui finit par retourner la table après une partie de Monopoly ? La nouvelle édition devrait mettre tout le monde d'accord ! C'est un drôle de Monopoly « où le pire des mauvais perdants devient le plus grand gagnant ». La case « prison » ou les moments où vous devrez payer votre loyer vous feront, cette fois-ci, gagner ! Vous voudrez à tout prix vous arrêter sur les cases inutiles, payer des taxes… Tout ça pour obtenir des pièces « mauvais perdant ». Dès que vous en recevrez 4, vous pourrez les échanger à la banque pour utiliser le pion M. Monopoly qui permet de « piétiner » les joueurs et réclamer de l'argent au lieu d'en perdre. Bref, l'époque où perdre était synonyme de frustration est révolue ! N'ayez plus peur d'assumer haut et fort que vous êtes mauvais perdant !

Les femmes se fâchent pour deux raisons : Pour tout et… pour rien !

Les brèves incroyablement vraies du WC BOOK

- La chance de survivre à un crash d'avion est de 95,7 %.
- Le cornichon est un fruit.
- En 2007, l'Iran a arrêté 14 écureuils pour espionnage.
- 43 % des Canadiens préfèrent le bacon au sexe.
- 9 % des présidents américains ont été assassinés en cours de mandat.

JEUX DE MOTS

Arriverez-vous à répéter aussi rapidement que possible ces phrases ? Pas si sûr !

Latte ôtée, trou au toit,
Latte remise, trou y'a p(l)us.

L'Arabe Ali est mort au lit.
Moralité : Maure Ali, t'es mort alité.

Combien de fois un cœur bat-il au cours d'une vie ?

Si on prend en moyenne **80 battements** par minute, votre cœur bat environ **4 800 fois** par heure, soit **115 200 fois par jour**. Au cours d'une année, votre cœur bat environ **42 048 000 fois**. Si vous vivez jusqu'à **80 ans**, votre cœur aurait battu environ **3 363 840 000 fois**. C'est plus de **3 milliards** de battements de cœur.

On se casse le cul
à trouver un prénom à
nos gosses et, à 12 ans,
ILS S'APPELLENT
TOUS « GROS » LES
UNS LES AUTRES !

Quel acteur, ce Napoléon !

La victoire d'Austerlitz, le 2 décembre 1805, s'est peut-être jouée avant la bataille, grâce à une habile manipulation. Les jours précédents, Napoléon Ier demande à ses hommes de fuir tout affrontement avec des soldats ennemis. L'état-major austro-russe en conclut que les troupes françaises sont bien mal en point. L'empereur laisse aussi filtrer de fausses informations. Sur la foi de celles-ci, l'ennemi estime les troupes françaises à 40 000 hommes – alors qu'elles sont près du double ! Enfin, la veille de l'affrontement, le Corse joue la comédie devant Dolgoroukov, un émissaire envoyé par le tsar : il apparaît sale, hagard, aux abois. L'émissaire n'y voit que du feu. À son retour au camp, il assure que l'empereur des Français est tremblant de peur. De quoi attaquer en toute confiance, sans précautions particulières… et perdre la bataille !

Chez le psy, Gégé confesse :
« Docteur, je n'en peux plus ! Tout le monde dit que je sens mauvais !
– Avez-vous essayé de prendre une douche ?
– Oui, bien sûr ! Mais au bout de trois mois, ça recommence ! »

UN MÉDECIN QUANTE.

JEUX

MOTS MÊLÉS

Noms de famille français

Saurez-vous retrouver chacun des mots cachés dans ce tableau ?

Les mots peuvent être écrits horizontalement, verticalement, en diagonale ou à l'envers.

Mots à trouver :

1) BLANC
2) BLANCHARD
3) BONNET
4) BRUNET
5) DUBOIS
6) DUFOUR
7) DUVAL
8) FAURE
9) FOURNIER
10) GAILLARD
11) LEFEVRE
12) LEMAIRE
13) LEROUX
14) LEROY
15) LUCAS
16) MARCHAND
17) MERCIER
18) MEUNIER
19) MULLER
20) PETIT

JEUX

H	L	Y	Q	L	X	W	B	Q	L	T	Y	M	K	E	O	L	A	Z	Y
X	O	U	R	D	H	P	Ç	E	G	P	P	L	R	R	R	X	L	T	I
W	K	L	R	C	X	J	F	L	P	P	N	I	P	K	E	D	B	K	Y
M	F	J	B	M	Y	E	U	U	P	E	A	L	Z	W	I	X	J	R	O
Z	D	T	B	A	V	B	D	O	D	M	T	H	Ç	F	C	K	Ç	C	M
R	K	V	S	R	U	R	U	V	E	R	P	I	I	B	R	G	P	T	E
B	O	F	E	C	R	M	V	L	Ç	E	E	R	T	D	E	K	M	S	N
C	D	R	A	H	C	N	A	L	B	I	K	I	E	P	M	T	B	Y	O
N	E	R	U	A	F	A	L	Y	T	N	X	Ç	N	J	I	K	L	O	F
A	J	T	E	N	N	O	B	J	G	R	U	Y	U	U	J	L	F	R	K
L	U	E	K	D	I	D	U	F	O	U	R	N	R	Q	E	A	G	E	S
B	Z	S	V	X	T	O	I	C	V	O	O	R	B	D	J	M	G	L	A
L	H	X	P	D	U	G	T	O	E	F	U	X	W	I	C	R	Y	G	C
V	O	J	V	Y	U	O	P	R	T	U	K	D	C	U	V	R	A	G	U
M	K	E	L	F	E	B	R	W	N	H	M	G	M	Y	S	I	U	G	L
F	J	O	X	R	D	I	O	E	E	U	K	W	L	L	L	N	J	B	P
K	S	W	Y	I	U	U	H	I	L	Z	K	V	K	L	I	N	E	T	C
I	E	T	T	Y	E	W	L	L	S	K	Ç	A	A	L	V	D	S	Z	O
Q	I	J	B	V	F	S	E	I	N	D	D	R	C	H	X	H	D	D	I
B	F	R	Y	W	I	R	Q	U	K	R	D	J	E	X	U	N	Ç	J	K

Solution page 607

De quoi est composée une cellule humaine ?

46 chromosomes (organisés en paires),
- **23** sont transmis par la mère,
- **23** viennent du père.

Ils portent, en tout, entre **30 000** et **70 000 gènes.** Les globules rouges n'ont **aucun** chromosome, tandis que les cellules sexuelles ne possèdent que la **moitié** du capital génétique.

« C'est quoi ce que tu manges, là ?
– Un yaourt minceur.
– Mouais… Prends-en deux ! »

Si je vais vivre sur Mars, pourrais-je encore fêter Noël ?

Une journée sur Mars est à peine plus longue qu'une journée sur Terre : 25 heures ! L'année sera cependant bien plus longue, Mars fait le tour du Soleil en 687 jours ; du coup, vous n'aurez qu'un Noël lorsque quasiment deux années se seront écoulées sur Terre. Une solution : fêter Noël tous les 343 jours et deux fois par an sur Mars... Plutôt pas mal finalement ! Après, faut voir si le père Noël livre jusque là...

Tu sais que tu es vieux quand tu n'as plus besoin de fumer de l'herbe pour te sentir bizarre. Il suffit que tu te lèves trop vite du sofa...

Un dimanche sans manucure est plus sûr !

Au Danemark, se couper les ongles le dimanche porte malheur. Peut-être à cause de sa fragilité, cette partie du corps fait l'objet de nombreuses précautions. Au Japon, c'est la nuit qu'il ne faut pas s'y attaquer.

Ça m'énerve, les gens qui utilisent des mots compliqués pour paraître plus intelligents. Je trouve cela complètement ubuesque.

Charade

Mon **premier** constitue la

HIÉRARCHIE,

Mon **second** **ONDULE**,

Mon **troisième** l'est comme une

IMAGE.

Mon **tout** est une

PARAPHRASE ou des

BLABLAS.

Solution : Rang-plie-sage (Remplissage).

La salle de bains appartient à ceux qui se lavent tôt…

LABYRINTHE

MOYEN

SUDOKU

FACILE

4	5		6					1
		6			1			
	3	7		9				
			7		9	3		
5								6
		3	4		5			
				1		2	7	
			5			8		
3					2		4	9

Solution page 613

CARRÉ MAGIQUE

MOYEN

Obtenez la somme de **42** sur toutes les lignes horizontales et verticales !

3		12	
16	6	7	
9			4
	8		15

Solution page 603

Ces stars décédées en plein tournage

De nombreuses célébrités sont malheureusement décédées alors qu'elles étaient en tournage. On peut citer notamment Paul Walker de la franchise *Fast and Furious* qui, même s'il adorait les grosses cylindrées, a été victime d'un accident de voiture à bord de sa Porsche en 2013, ou bien Marilyn Monroe, morte d'une overdose à l'époque de *Something's Got to Give*...
Mais aussi, par exemple : James Dean (au volant de sa Porsche Spyder 550) sans avoir pu faire la postsynchronisation de *Géant* (1955), Jean Harlow (d'une infection rénale) avant la fin des prises de vue de *Saratoga* (1937), les candidats de *Dropped* (les champions Camille Muffat, Florence Arthaud, Alexis Vastine dans un crash d'hélicoptère en 2015), Marie Trintignant (tuée par son compagnon en 2003 alors qu'elle tournait *Colette, une femme libre*), Bruce Lee (de maladie, alors qu'il tournait... *Le Jeu de la mort*, en 1973), son fils Brandon Lee (d'une blessure mortelle sur le plateau de *The Crow* en 1993, où il jouait le rôle d'un mort ressuscité...), Cory Monteith de *Glee* (overdose, 2013) et bien d'autres...

Chaque lettre représente toujours le même chiffre. Retrouvez les chiffres qui correspondent aux lettres de manière à ce que le résultat en chiffres soit toujours correct.

NEUF + DEUX = ONZE

Solution : 6309 + 2304 = 8613

L'origine du doigt d'honneur

Le doigt d'honneur est aujourd'hui synonyme d'insulte. Mais quelle en est l'origine ? Même si elle reste assez floue, on trouvait ce geste dans des comédies de la Grèce antique et il se traduisait, en gros, par « recevoir une pénétration anale ». Charmant, en effet… Le tout premier doigt d'honneur serait mentionné en 423 av. J.-C. dans une pièce d'Aristophane où lui a été donnée la signification de phallus (le reste de la main représentant le scrotum) ! Le doigt d'honneur est connu depuis bien plus longtemps qu'on ne le pensait et dans de nombreuses contrées. Il y a pourtant un pays où il n'est pas considéré comme une insulte : au Japon, dans la langue des signes, il sert à désigner… le frère ! Tout simplement…

Quand le capitaine veut défiler, le général m'engueule !

QUAND LE CAPITAINE VEUT M'ENFILER, LE GÉNÉRAL DÉGUEULE !

UNE CHAMBRE POUR DEUX
AVEC PETIT DÉJEUNER ?
NON, SANS...
TU ES SÛRE, MA CHÉRIE ?
HÔTEL
ACCUEIL

QUIZ

Quel est le pays qui n'a pas de frontière avec la Bolivie ?

a. Équateur
b. Pérou
c. Brésil
d. Paraguay
e. Chili
f. Argentine

Solution : a. Équateur, qui est situé plus au nord, au-dessus du Pérou.

J'ai raté le concours pour être gynécologue. Ça s'est joué à deux doigts !

Quel est le plus petit mot croisé au monde ?

L'écrivain et verbicruciste Georges Perec (1936-1982), grand amateur de mots, a conçu une grille d'une seule case. Les définitions : « Horizontalement : 1. Voyelle. Verticalement : I. Consonne ». La réponse est la lettre Y, qui, en fonction du mot dans lequel elle se trouve, est considérée comme une voyelle (par exemple dans « cycle ») ou une semi-consonne (« yeux »).

Mélanie est chez son médecin :
« Docteur, je suis très agitée, à chaque fois que je bois un verre d'eau, j'ai une envie folle de faire l'amour !!!
– Calmez-vous, madame, calmez-vous ! Désirez-vous un verre d'eau ? »

QUI EST L'INTRUS ?

LA VIE SUR LE MISSISSIPPI

L'APPEL DU MONDE SAUVAGE

LES AVENTURES DE TOM SAWYER

UN YANKEE DU CONNECTICUT À LA COUR DU ROI ARTHUR

LA CÉLÈBRE GRENOUILLE SAUTEUSE DU COMTÉ DE CALAVERAS

LES AVENTURES DE HUCKLEBERRY FINN

Solution : *L'Appel du monde sauvage* (dit aussi *L'Appel de la forêt*) est une œuvre écrite par Jack London (1876-1916), toutes les autres sont de Mark Twain (1835-1910).

Do you speak minionese ?

Dans le dessin animé *Moi, moche et méchant* (2010), ses suites et ses préquels, la langue parlée par les petits serviteurs de Gru est réelle ; son nom est « *minionese* » et elle a été créée par l'un des deux réalisateurs, Pierre Coffin lui-même ! Par exemple, « *Como taki ?* » veut dire « comment ça va ? ». Ce dialecte mélange des sons venus du français, de l'anglais, de l'espagnol, de l'italien, un peu d'indonésien et du japonais. Ce n'est pas la première langue inventée pour le cinéma, mais celle-ci, on la trouve particulièrement… mignonne.

Je suis ambidextre. J'écris aussi bien de la main droite qdfe dlamain ghyauvhe.

Le bon calcul des montagnes russes

L'étude publiée dans le *Journal of the American Osteopathic Association* par des chercheurs de l'université du Michigan porte sur les montagnes russes des fêtes foraines afin de savoir si elles pouvaient soigner les calculs rénaux ! Pour ce faire, les scientifiques se sont rendus à Disney World. Là, ils ont rempli d'urine un faux rein, y ont ajouté **3 calculs** de différentes tailles, l'ont rangé dans un sac à dos et l'ont placé dans le train de la mine. Après **20 tours** de ce manège à sensations fortes, la conclusion est que sous l'effet des mouvements violents, les calculs s'évacuent d'eux-mêmes dans **63,8 % des cas**. À condition de bien choisir l'endroit où s'asseoir : c'est le dernier wagon du train qui offre les meilleures chances de guérison. À l'avant, les probabilités tombent à **16,67 %**. Le tour de manège bientôt remboursé par la sécu ?

Quand je parle
avec une Indienne
qui a le point rouge sur
le front, je me demande
toujours si elle enregistre
la conversation.

L'apparition furtive d'un réalisateur dans son propre film

Alfred Hitchcock était le spécialiste du genre et apparaît très brièvement dans 37 de ses films ! Ces clins d'œil sont appelés des « caméos » : on peut retrouver de manière furtive soit un réalisateur, soit un acteur, soit une personnalité célèbre… Par exemple, Charlton Heston, l'acteur principal de *La Planète des singes* de 1968, apparaît dans la version de 2001 dans le rôle… d'un singe ! De même, le co-créateur de l'univers *comics* Marvel, Stan Lee, fait une apparition éclair dans presque tous les films de super-héros inspirés de son œuvre (autant dire qu'il y en a un paquet !). Les *aficionados* se font donc un plaisir de faire une petite chasse au trésor dans les films de Spider-Man, Iron Man, X-Men, etc. Mais les caméos ne sont pas réservés qu'aux films. On peut en voir dans des séries télévisées et même dans des bandes dessinées, comme avec *Astérix et Obélix* où Jacques Chirac et Jean Gabin apparaissent furtivement… Ouvrez bien l'œil, les caméos sont partout !

Pourquoi il ne faut jamais jouer aux échecs avec un pharmacien ?
Parce qu'à chaque fois, il Voltarène.

Les brèves incroyablement vraies du WC BOOK

- Le martinet dort en volant. Éveillé, il bat 10 fois des ailes par seconde et, quand il dort, il ralentit sa cadence à 7 battements.
- Les chimpanzés et les gorilles font chaque soir leur lit. Ils le construisent avec des branches qu'ils tapissent d'un confortable matelas de feuilles.
- La girafe et le cheval dorment souvent debout. Ils sont alors prêts à s'enfuir en cas de danger sans avoir à déplier leurs longues pattes.
- Les poissons n'ont pas de paupières. Ils dorment les yeux ouverts en se laissant flotter au milieu de l'eau.
- Les rousses ne ressentent pas la douleur comme tout le monde ! Elles sont moins sensibles à la douleur électrique, mais plus sensibles à la douleur thermique.

CARRÉ MAGIQUE

DIFFICILE

Obtenez la somme de **292** sur toutes les lignes horizontales et verticales !

53	67		18		35	40	50
	62	57	15		30	41	47
65	7	20	54	49			38
64		61	11	32	26		43
16	58	13		48	42	29	
		68	6	33	39	52	22
60	14	9		44	46	25	31
5	19	56	66	37		24	

Solution page 603

Un gamin de 10 ans croise, par hasard, dans la rue, Mark Zuckerberg, le fondateur de Facebook :

« Monsieur, monsieur ! Mon papa dit que vous nous espionnez tous ! »

Mark se retourne et esquisse un petit sourire en coin :

« Ce n'est pas ton papa... »

« Ma femme et moi avons été victimes d'une intoxication à l'eau minérale d'Évian : nous avons porté plainte Contrex.

– Et comment le Vittel ?

– Mal : elle est dans un Salvétat. Elle n'a pas été Hépar niée…

– Te laisse pas faire : Badoit jusqu'au bout. »

POUR T'ENDORMIR, TU PEUX COMPTER LES MOUTONS.
ET POURQUOI PAS COMPTER LE BERGER ? ÇA IRAIT PLUS VITE !

« Ma chérie, pour ton anniversaire je t'ai acheté un vison. Depuis le temps que tu m'en parles…

– Oh, mon amour ! Mais c'est de la folie ! Je ne pensais pas que tu le ferais un jour !

– Si, je l'ai fait. Mais promets-moi une chose. Tu nettoieras bien sa cage tous les deux jours ! »

Des rimes orphelines

Certains mots de la langue française ne riment avec aucun autre nom commun. C'est le cas, par exemple, de « quatorze », « quinze », « simple », « pauvre », « meurtre », « monstre », « belge » ou « goinfre ».

LABYRINTHE

DIFFICILE

SUDOKU

DIFFICILE

	1		2				7	
2	3				1			9
						4		
7				9	2		6	
			6		4			
	6		7	8				5
		6						
1			4				2	7
	9				5		3	

Solution page 613

Quand perte calorique rime avec horrifique !

Plus besoin de faire du sport ! Regarder un film d'horreur de **90 minutes** fait brûler en moyenne **113 calories !** Cette perte calorique est due à une montée rapide d'adrénaline. Voici le nombre de calories que l'on peut brûler selon les films d'horreur visionnés :

- *Shining* : **184 calories**
- *Les Dents de la mer* : **161 calories**
- *L'Exorciste* : **158 calories**
- *Alien* : **152 calories**
- *Saw* : **133 calories**
- *Freddy : Les Griffes de la nuit* : **118 calories**
- *Paranormal Activity* : **111 calories**
- *Le Projet Blair Witch* : **105 calories**
- *Massacre à la tronçonneuse* : **107 calories**
- *[Rec]* : **101 calories**

Gérard va à Amsterdam au Quartier rouge. Là, il voit une fille sublime derrière une vitrine. Il tape au carreau et demande :

« C'est combien ?

– C'est 5 000 €.

– Ah, quand même… C'est cher.

– Oui, mais c'est du double vitrage. »

Pourquoi dit-on « donner sa langue au chat » ?

L'expression apparaît au XXe siècle. Autrefois, on disait « jeter sa langue au chien ». Il y a sûrement eu un mélange avec « donner sa part au chat » qui, en Bourgogne, signifie « abandonner, renoncer ». Lorsqu'on ne connaît pas la réponse à une devinette, on reste sans voix. En donnant sa langue au chat, on renonce donc à sa langue, devenue inutile.

D'autres expressions où le chat est le héros : « J'ai un chat dans la gorge », « Quand le chat n'est pas là, les souris dansent », « Le chat est un lion pour les souris » (proverbe albanais), « Le chat mordu par un serpent craint même une corde » (proverbe arabe), « Il est difficile d'attraper un chat noir dans une pièce sombre, surtout lorsqu'il n'y est pas » (chinois), « C'est quand le chat est repu qu'il dit que le derrière de la souris pue » (africain).

Un couple, qui a fait connaissance il y a quelques mois sur Meetic, décide de se marier.
Le lendemain de leur nuit de noces, la femme surfe sur internet.
« Que fais-tu ? Lui demande le jeune marié.
– Je savais qu'il ne fallait pas passer par internet !!! Et merde… Je n'arrive pas à trouver le lien pour joindre le service après-vente ! »

JEUX

MOTS MÊLÉS

Pays du Moyen-Orient

Saurez-vous retrouver chacun des mots cachés dans ce tableau ?

Les mots peuvent être écrits horizontalement, verticalement, en diagonale ou à l'envers.

Mots à trouver :

1) AFGHANISTAN
2) ARABIE SAOUDITE
3) ARMENIE
4) AZERBAIDJAN
5) GEORGIE
6) IRAK
7) IRAN
8) JORDANIE
9) KAZAKHSTAN
10) KOWEIT
11) LIBAN
12) OMAN
13) OUZBEKISTAN
14) PAKISTAN
15) QATAR
16) SYRIE
17) TADJIKISTAN
18) TURKMENISTAN
19) TURQUIE
20) YEMEN

JEUX

K	A	S	T	O	D	N	B	P	K	B	B	O	P	E	B	Ç	J	D	S
G	Ç	Ç	Z	G	I	V	M	A	U	G	E	O	R	G	I	E	Q	Q	P
Z	E	I	R	Y	S	E	Ç	F	C	U	A	Ç	R	H	Ç	K	Z	Y	Z
Y	W	C	B	D	L	I	Z	E	C	X	E	U	B	A	K	C	Ç	O	I
U	V	T	I	E	W	O	K	L	L	J	M	N	N	W	I	J	S	D	Y
P	B	Z	T	B	M	U	S	T	R	Y	R	V	R	L	W	K	N	G	I
O	N	A	W	R	T	F	P	A	K	I	S	T	A	N	Y	F	A	K	I
Q	A	R	A	B	I	E	S	A	O	U	D	I	T	E	Z	T	J	L	X
Z	T	C	M	G	I	G	K	N	S	O	U	N	A	A	N	N	D	J	M
A	S	U	J	O	Q	R	T	J	A	Q	A	K	Q	Q	A	O	I	Q	H
T	B	N	R	Z	Y	Z	A	N	A	T	S	I	K	I	J	D	A	T	D
U	U	A	N	K	R	J	W	N	S	W	S	V	X	I	F	O	B	D	E
R	B	T	A	X	M	K	O	I	K	D	T	I	A	V	G	U	R	O	E
Q	I	S	U	W	B	E	N	R	H	B	U	D	K	R	W	T	E	S	Y
U	R	H	Y	G	K	A	N	D	D	A	B	D	Y	E	M	K	Z	Y	K
I	A	K	A	S	H	C	L	I	N	A	M	O	I	E	B	E	A	Ç	Y
E	K	A	R	G	G	Q	D	E	S	X	N	X	L	H	M	Z	N	K	Z
Y	M	Z	F	A	X	H	N	U	T	T	R	I	V	X	I	E	U	I	G
M	Ç	A	V	S	O	W	L	V	Z	C	A	C	E	J	M	W	N	O	E
N	Y	K	F	W	L	I	B	A	N	L	U	N	J	C	P	D	F	T	J

Solution page 607

Le saviez-vous ?

Combien de goûts différents peut-on détecter ?

On pourrait croire qu'on serait capable de reconnaître une infinité de goûts.
Détrompez-vous : les saveurs que notre langue peut distinguer se comptent sur les doigts de la main ! Notre langue est constituée de 3 000 à 4 000 papilles. Celles situées à l'avant seraient plutôt sensibles au salé et au sucré, celles sur les côtés, à l'acidité,et celles à l'arrière, à l'amertume. Cela fait donc 4 saveurs reconnaissables en tout, pas plus ! Le reste, c'est votre nez qui s'en occupe grâce à votre odorat qui vous permet de savoir s'il s'agit d'une cerise, d'une pomme, d'une fraise, etc. Pour être sûr(e), faites l'expérience de vous boucher le nez et sucez un bonbon au hasard. Vous aurez beaucoup de mal à identifier son parfum !

Gérard entre dans
le bureau de son patron :
« Bonjour monsieur le président-directeur-général. Voilà…heu… C'est ma femme qui m'a dit de vous demander s'il était possible d'avoir une augmentation…
– Très bien, Gérard. Je peux le comprendre. Mais d'abord, je vais demander à la mienne. »

Une santé inégale selon le quartier

Selon une enquête de l'Observatoire régional de santé (ORS), les Parisiens ne vivraient pas aussi longtemps dans tous les arrondissements de la capitale. En effet, alors que dans l'hétéroclite **18e arrondissement**, l'âge moyen de décès est de **79,9 ans** pour un homme, il est de **84,7 ans** dans le très chic **16e arrondissement**. Une différence de presque **5 ans** qui est due aux conditions sociales, sanitaires et éducatives, au niveau de vie, à la pollution et à la prévention médicale.

Un policier arrête
une voiture et se penche
vers la portière :
« Vous conduisez n'importe
comment !!!
Ce n'est pas possible !!!
– Désolé, monsieur l'agent.
J'ai bu et j'ai pris de la drogue…
– Ce n'est pas une raison pour
laisser conduire votre femme… »

Le saviez-vous ?

Pourquoi, en décrochant le téléphone, dit-on « allô » plutôt que « bonjour » ?

Le téléphone a été inventé aux États-Unis par Alexander Graham Bell. Né en 1847, il est très tôt passionné par les sons, sa mère étant sourde et son père spécialisé dans la rééducation des enfants sourds-muets. Excellent musicien, le jeune Alexander enseigne la phonétique à des malentendants. Il réfléchit alors à la façon de transmettre des paroles à distance grâce à l'électricité et travaille, à partir de 1874, à l'amélioration du télégraphe. Deux ans après, il arrive à transmettre cette phrase au bureau voisin : « Watson, vous pouvez venir, j'ai besoin de vous. » La Bell Telephone Company est alors créée. « Hello ! » s'exclament les Américains en décrochant l'appareil. Il sera transformé en « Allô » lorsque l'invention de Bell sera, par la suite, exportée.

Charade

Mon **premier** suit le **NEUF**,

Mon **second** est plein de **CALCIUM**,

Mon **troisième** est une unité de **MESURE DE TEMPS**,

Mon **quatrième** est un **POINT DIFFICILE**.

Mon **tout** a du **MAL À LIRE**.

Solution : Dix-lait-ks-hic (Dyslexique).

« J'ai aidé ma voisine du 4e étage à déménager sa grande armoire.
– Tu l'as démontée au moins ?
– Même pas... Elle m'a juste offert un café ! »

IL FAUT QUE JE TE DISE QUELQUE CHOSE, JE SUIS MONTÉ COMME UN NOUVEAU-NÉ !
48 CM, 3,5 KG...
AAAAH

CARRÉ MAGIQUE

FACILE

Obtenez la somme de **80** sur toutes les lignes horizontales et verticales !

	18		25	6
20		7	13	
8			21	27
	22	28		10
24	5	11		23

Solution page 603

Les différentes formes de mémoires

Il existe 5 systèmes de mémoire qui coexistent et interagissent :

- **La mémoire de travail :** a une capacité limitée et conserve un petit nombre d'informations pendant quelques dizaines de secondes ;

- **La mémoire épisodique :** garde les événements vécus personnellement et leur contexte (lieu, date, émotions, etc.) ;

- **La mémoire sémantique :** stocke les connaissances générales sur le monde ainsi que sur soi ;

- **La mémoire perceptive :** détient les informations perçues par nos sens (forme des objets, texture, odeur, etc) ;

- **La mémoire procédurale :** enregistre nos savoir-faire et nos habilités motrices (lacer ses chaussures, faire du vélo, etc.).

Les poissons rouges ont-ils vraiment une mémoire de trois secondes ?

Non ! Les poissons d'eau douce ont la capacité de mémoriser leur zone d'alimentation, dans un aquarium par exemple, après avoir été déplacés dans un nouvel environnement pendant douze jours. Une étude a également été réalisée sur les poissons rouges pour savoir s'ils étaient capables de faire la différence entre deux airs de musique classique. Après plus de 100 séances, 3 fois sur 4, les poissons réussissaient à mordre dans une perle associée à la bonne chanson ! Si leur mémoire ne durait que trois 3 secondes, ce serait tout bonnement impossible !

Le vieux roi, après sa grande victoire sur les barbares venus envahir son royaume, décide d'aller se reposer sans attendre la fin de la fête organisée en son honneur. Très fatigué, il n'arrive néanmoins pas à trouver le sommeil et entend vers minuit un des convives trinquer à sa victoire. Il distingue 36 tintements de verres.

Combien de convives y avait-il ce soir-là ?

Solution : 9 convives. Chaque invité trinquera avec les 8 autres, mais la personne suivante ne trinquera plus qu'avec 7 autres convives (chaque tintement étant commun à 2 convives), le suivant avec 6, et ainsi de suite. 8 + 7 + 6 + 5 + 4 + 3 + 2 + 1 + 0 = 36 tintements, donc 9 convives.

« Être un homme,
c'est faire ce que
tu veux, quand tu veux,
sans avoir de comptes
à rendre à… Merde, elle
arrive… À plus ! »

Humour

Un jeune ours polaire va voir son père et lui demande :
« Papa, c'est vrai que je suis un ours polaire ?
– Bien sûr, mon petit ! Et tu es même un des derniers représentants de notre espèce ! »
Le petit ours va un peu plus loin sur la banquise et demande à sa mère :
« Maman… c'est vrai que je suis un ours polaire ?
– Oui, mon chéri ! Tu es le plus mignon des petits ours polaires. Pourquoi me demandes-tu ça ?
– Parce que j'ai un peu froid… »

Le saviez-vous ?

Plus fort que Monsieur Propre !

Un métier plutôt lugubre mais d'utilité publique existe… Celui de nettoyeur de scène de crime. On l'appelle le « nettoyeur de l'extrême », car son job est d'intervenir après les homicides, les suicides ou des cas de « morts oubliés », juste après que le corps a été enlevé. Le nettoyeur remet la pièce en état, fait disparaître les odeurs, les traces de sang, etc. Il fait même attention à ne pas regarder les photos de famille ou lire les articles de la presse afin d'éviter d'avoir, par la suite, des problèmes psychologiques… Un métier loin d'être anodin et où il faut avoir le cœur bien accroché !

QUI EST L'INTRUS ?

ALBERT CAMUS

VICTOR HUGO

EDGAR ALLAN POE

AGATHA CHRISTIE

GUSTAVE FLAUBERT

ERNEST HEMINGWAY

Solution : Albert Camus est le seul romancier de la liste à ne pas être dyslexique.

« Quel est votre prénom, monsieur ?
– Patrick, sans F.
– Mais il n'y a pas de F à Patrick !
– C'est ce que j'ai dit. »

JEUX DE MOTS

Arriverez-vous à répéter aussi rapidement que possible ces phrases ? Pas si sûr !

- « C'est pas la colle qui chie qui colle, c'est la colle qui pousse la colle qui chie qui colle. »

Proverbe menuisier

- Marcel porc tua ; sel n'y mit, ver s'y mit : porc gâta.

- Monter des cendres, et descendre mon thé !

- Pruneau cuit, pruneau cru.

- Un plein plat de blé pilé.

LABYRINTHE

FACILE

SUDOKU

FACILE

	7	9	2	1		4	3	6
		3					1	
6			4					
	4	7			1		9	8
	2		3		7		4	
9	6		8			3	5	
					8			5
	8					7		
1	3	6		5	2	9	8	

Solution page 614

Des odeurs... sans odeurs ?

Lorsque l'on reconnaît une odeur, ce sont des capteurs qui envoient un signal électrique au cerveau et qui font se dire que ce que l'on sent est bien la tarte aux pommes en train de cuire au four ! Chez les animaux, l'odorat est encore plus développé. Ils peuvent communiquer entre eux par le biais de substances très diluées et inodores : les phéromones ! Ce sont des hormones détectables à plusieurs kilomètres. Même un papillon peut en émettre lorsqu'il cherche un partenaire sexuel. La nature est quand même bien faite ! La question de savoir si l'homme émet bel et bien des phéromones et, bien plus encore, si celles-ci influent sur l'attirance physique est à débattre.

Fun fact : il n'est pas rare que les gens aient davantage de rapports sexuels durant l'été puisque la transpiration participerait à émettre beaucoup plus de phéromones !

QUIZ

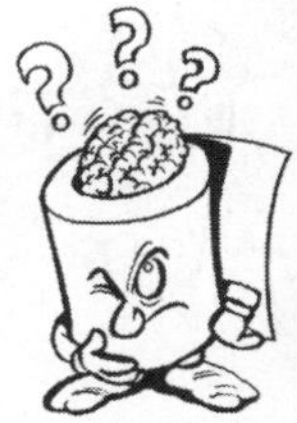

Laquelle de ces batailles ne s'est pas déroulée pendant la guerre de Cent Ans ?

a. Valmy
b. Castillon
c. Azincourt
d. Crécy

Solution : a. Valmy. Cette bataille entre Français et Prussiens s'est tenue le 20 septembre 1792, alors que la guerre de Cent Ans a opposé, de manière discontinue entre 1337 et 1453, les royaumes de France et d'Angleterre.

Les brèves incroyablement vraies du WC BOOK

- 70 % des hommes se disent « en forme » mais seulement 14 % le sont.
- Selon Albert Einstein, si les abeilles venaient à disparaître, l'homme ne survivrait pas plus de 4 ans.
- La coulrophobie qualifie la peur irraisonnée des clowns.
- En 1908, l'Allemand Friedrich Sertürner réussit à isoler le principe actif de l'opium. Il baptisa cette substance « morphine », en hommage à Morphée, le dieu grec des rêves.
- « AAAAA » veut dire « Association amicale des amateurs d'andouillette authentique » ou « Association des authentiques amis d'Alphonse Allais ».

PALOURDES

J'ai perdu un bon copain samedi dans un accident tragique. Son doigt s'est retrouvé coincé dans une alliance !

Que contient un corps humain d'environ 70 kg ?

- **15,5 kg** d'oxygène ;
- **12,6 kg** de carbone ;
- **7 kg** d'hydrogène ;
- **2,1 kg** d'azote ;
- **1 kg** de calcium ;
- **0,7 kg** de phosphore ;
- **0,214 kg** de potassium ;
- **0,175 kg** de soufre ;
- **0,1 kg** de sodium ;
- **0,07 kg** de chlore ;
- **3 g** de fer ;
- **3 g** de magnésium ;
- **2 g** de zinc ;
- **0,2 g** de manganèse ;
- **0,15 g** de cuivre ;
- **0,03 g** d'iode...
- ... et des traces de cobalt, nickel, aluminium, étain, titane, fluore, brome, arsenic. Sans parler d'une quarantaine de litres (et donc de kilos !) d'eau.

Le saviez-vous ?

Le créateur d'Internet regrette la manière d'écrire l'URL !

Tim Berners-Lee, l'auteur du programme principal derrière le WWW, se mord les doigts d'avoir ajouté les « // » après « https: » dans l'adresse web. Ils n'avaient, en réalité, pas vraiment d'utilité ! Il avouait, en 2009, qu'avoir abandonné l'idée aurait sauvé du temps et de l'espace. On peut très bien lui pardonner…

Quand je m'ennuie,
je vais sur Amazon
et j'achète un ballon
de basket. Ensuite,
je clique sur « ajouter
au panier » !

CARRÉ MAGIQUE

MOYEN

Obtenez la somme de **38** sur toutes les lignes horizontales et verticales !

	16		13
15			8
12		17	
	11	4	14

Solution page 603

Le vent violent
a fait tomber mes
dix piles de boîtes

**LE VENT VIOLENT
A FAIT TOMBER MES
DIX POILS DE BITE**

J'appréhende
les cimetières du futur
où on lira sur les tombes
les noms Brandon,
Brian ou Kimberley avec
une épitaphe du genre :
« S'est triste, tu nous
mank comme même. »

Il paraît que le corps humain est composé à 70 % d'eau… Je ne vois donc pas l'utilité de diluer le Ricard.

JEUX

MOTS CROISÉS

HORIZONTALEMENT

1. Ouverte à tous
2. Prêtre et astronome italien contemporain de Napoléon Ier
3. Blessante
4. Hélium - Renseignements généraux
5. Calmée
6. Adjectif numéral - Rien à signaler
7. Égayée
8. Maladie infectieuse

VERTICALEMENT

I. Esquisses

II. Grands aigles d'Australie

III. Encore - Larges cuvettes

IV. Fatigué - Classai un film dans la catégorie X

V. Institut national de l'audiovisuel - Ancêtre du luth occidental

VI. Cithare chinoise - Romancier et dramaturge tchèque

VII. Rangeai

VIII. Interprétation

	I	II	III	IV	V	VI	VII	VIII
1								
2							■	
3								
4			■	■	■	■		
5								
6					■			
7								
8		■					■	■

Solution page 616

Le saviez-vous ?

Sommes-nous les seuls à savoir que l'on existe ?

Évidemment, les gorilles ne se regardent pas dans un miroir en pleine jungle, ou du moins pas à notre connaissance ! Mais la question mérite d'être posée : les animaux ont-ils une conscience de soi ? En effet, chez l'homme, le « stade du miroir » se produit à l'âge de 18 mois : il comprend, à ce moment-là, que la personne dans le miroir, c'est lui. Qu'en est-il des animaux alors ? Les scientifiques ont tenté l'expérience avec différents animaux dans des zoos ou des aquariums. On compte parmi les rares espèces à avoir réussi : les dauphins, les orques, les orangs-outangs, les chimpanzés. Mais récemment, on a découvert que la raie manta serait capable, elle aussi, de se reconnaître dans un miroir ! Une expérience a été effectuée sur les deux raies mantas géantes de l'université de Tampa, en Floride, pour observer leur comportement devant un miroir placé dans l'aquarium. Résultat : elles y passaient 4 fois plus de temps qu'ailleurs et faisaient toute une série de mouvements inhabituels comme pour confirmer que l'image du miroir était bien associée à leurs actions ! Grâce à ce test, on peut émettre l'hypothèse que la raie manta aurait bien une conscience de soi et comprendrait que ce qu'elle voit, ce n'est pas le reflet d'un autre individu. Elle serait donc le seul poisson à posséder une telle capacité cognitive ! La nature ne finira jamais de nous surprendre !

Une doublure lumière

Élisabeth II a une remplaçante lors des répétitions des cérémonies, notamment pour protéger ses yeux du soleil ! En effet, Ella Slack, 70 ans, possède la même taille et stature que la reine d'Angleterre. Avant chaque événement officiel, elle se soumet à une ronde de reconnaissance afin d'éviter à la souveraine quelques désagréments, comme avoir le soleil dans les yeux par exemple. Elle occupe ce poste depuis trois décennies ! Elle n'a cependant toujours pas le droit de prendre place sur le trône, juste de se pencher au-dessus…

JEUX

MOTS MÊLÉS

Prénoms commençant par B

Saurez-vous retrouver chacun des mots cachés dans ce tableau ?

Les mots peuvent être écrits horizontalement, verticalement, en diagonale ou à l'envers.

Mots à trouver :

1) BAHIA
2) BALTHAZAR
3) BAPTISTE
4) BARBARA
5) BASILE
6) BASTIEN
7) BENEDICTE
8) BENJAMIN
9) BENOIT
10) BERENGER
11) BERNARDIN
12) BERTRAND
13) BETHANIE
14) BLANCHE
15) BOBBY
16) BORIS
17) BRICE
18) BRIGITTE
19) BRUNE
20) BRYANN

JEUX

K	E	W	C	M	B	D	E	Y	R	X	W	B	Y	F	K	Z	Z	W	W
Q	N	Z	Z	W	B	I	E	E	A	P	I	H	F	P	N	M	Q	G	O
C	U	L	U	M	O	T	T	E	M	Y	G	Y	Z	E	M	K	S	U	W
D	R	Z	M	K	R	S	T	A	F	X	I	Q	I	Y	G	V	Q	L	X
V	B	L	D	Y	I	J	I	I	C	B	E	T	H	A	N	I	E	I	J
X	R	G	Ç	T	S	D	G	P	J	M	S	F	C	J	F	N	K	N	F
Z	V	A	P	V	A	X	I	S	E	A	Q	G	Z	V	R	W	Q	D	H
Q	K	A	Z	G	W	X	R	W	B	J	B	E	N	J	A	M	I	N	E
C	B	M	L	A	B	B	B	T	M	C	J	N	R	K	T	B	J	J	F
Y	K	C	K	P	H	R	R	V	J	Z	I	E	A	X	E	L	F	W	O
B	G	L	X	G	O	T	I	C	N	D	G	G	A	N	M	A	Q	R	M
A	U	V	Q	B	D	D	L	C	R	N	O	N	E	E	Ç	N	A	Q	G
R	H	D	T	O	K	S	M	A	E	W	N	D	S	L	V	C	A	T	M
B	C	M	L	B	M	A	N	R	B	A	I	N	G	I	Z	H	T	Q	V
A	N	S	A	B	S	R	E	O	Y	C	R	K	Y	S	G	E	I	Q	Q
R	Ç	Y	H	Y	E	B	E	R	T	R	A	N	D	A	G	T	O	B	L
A	G	W	J	B	R	P	B	E	V	X	M	Y	K	B	G	Q	N	Ç	U
K	T	U	V	O	X	P	A	I	H	A	B	R	J	J	H	I	E	Y	R
G	E	Q	C	B	L	O	G	A	V	J	A	F	F	R	E	A	B	N	V
X	I	L	Z	Y	W	J	H	W	Y	A	A	A	G	W	C	R	D	C	Z

Solution page 608

Belinda, la cagole,
rencontre sa copine Alyssa
sur le Vieux-Port et lui dit :
« Tu sais pas quoi ?
Hier soir, j'ai rencontré
un Américain. Il n'a pas
arrêté de me dire que
j'étais une plage ! »

Charade

Mon **premier** n'est **PAS** avec nous,

Mon **second** est à toi

ce que le **ME** est à moi,

Mon **troisième** sans son article

se situe dans le **72 000**.

On peut **VIVRE** dans mon **tout**.

Solution : À part-te-Mans (Appartement).

La police a découvert
29 milliards de dollars
dans l'appartement d'un
Nigérien qui vient de
décéder !

Cela faisait 15 ans
qu'il essayait d'en faire
profiter son prochain, mais
personne ne répondait
à ses e-mails.

PFFF...
UNE PETITE
PAUSE...

Si votre principale qualité est de ne jamais baisser les bras, n'oubliez pas de mettre du déodorant.

Ryan Gosling et son rôle dans *N'oublie jamais*

Le célèbre acteur Ryan Gosling n'a pas obtenu son rôle dans le film romantique *N'oublie jamais* (*The Notebook*, 2004) pour son beau visage, mais parce que le réalisateur Nick Cassavetes le trouvait, au contraire, laid et pas cool !

« Bonjour,
je voudrais deux
bières, s'il vous plaît.
– Des pressions ?
– Non. Alcoolisme... »

Combien de nombres peut-on former à partir de l'association des mots « vingt », « cent », « six » et « quatre » ?

Indice : Utilisez impérativement ces quatre mots et employez-les une seule fois par nombre.

Solution : Vous pouvez former les quatre nombres suivants : 186, 426, 624 et 680.

LABYRINTHE

MOYEN

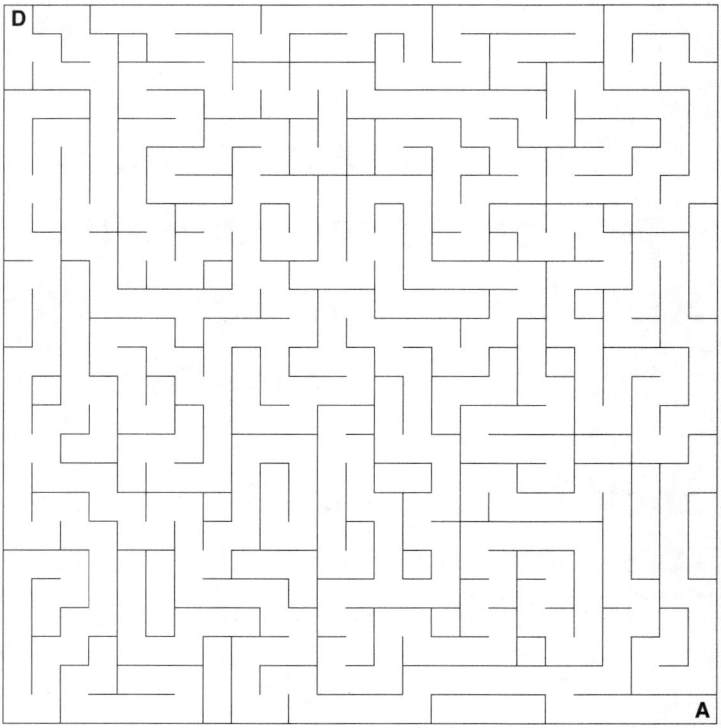

SUDOKU

FACILE

	1		9	6	8			
		3		2				
8	9			7			5	
								5
9	6		4	5	3		8	2
4								
	3			9			2	1
				4		9		
			2	3	5		7	

Solution page 614

Je ne comprends
pas le désir des mecs
qui souhaitent absolument
faire des plans à trois.
Pourquoi vouloir,
à ce point, décevoir
deux filles en même
temps ?

La NASA utilise le principe du compte à rebours en raison d'un film de science-fiction !

Ce décompte au lancement d'une fusée est celui du film muet *Frau im Mond* (*Woman in the Moon*), réalisé par Fritz Lang en 1929. Ce n'est cependant pas une course contre la montre et la NASA se laisse la liberté de le suspendre, s'il le faut, en cas de défaillance technique. Heureusement…

CARRÉ MAGIQUE

DIFFICILE

Obtenez la somme de **292** sur toutes les lignes horizontales et verticales !

5		58		21	48	26	51
66	11	13		34	27	45	
	6		9	31	22	52	51
12	65		62	28	49	23	46
		55	14	44	33	39	30
15	54	20	57	47			25
18	59	61	8	50		29	
53	64	10	19		32		35

Solution page 603

Quand je suis triste, j'imagine Ribéry en train de conjuguer le verbe « résoudre » et ça va mieux.

QUI EST L'INTRUS ?

TOMATE

AUBERGINE

OLIVE

POMME

AVOCAT

CAROTTE

CONCOMBRE

COURGETTE

POIVRON

Solution : La carotte, qui est le seul légume. Tous les autres sont des fruits.

J'adore les aptonymes* !

Mme Racine qui est dentiste.

M. Dubois qui est menuisier.

M. Connard qui fait de la trottinette sur le trottoir.

* Un aptonyme est un nom de famille ou un prénom possédant un sens lié au métier ou aux occupations de celui qui le porte. Eh oui, on apprend quand même des trucs avec le *WC Book* !

Le saviez-vous ?

Dans une boîte de Scrabble, pourquoi y a-t-il 9 lettres *A* mais seulement 6 *O* ?

Un jeu de Scrabble comporte 100 lettres et 2 jokers. Parmi les lettres, il y a 9 *A*, 2 *B*, 2 *C*, 3 *D*, 15 *E*… Ces nombres n'ont pas été choisis au hasard ! Prenez un livre et comptez le nombre de fois où la lettre *A* apparaît, puis recommencez avec le *B*, le *C*…Vous découvrirez que, sur 100 lettres imprimées, il y a en moyenne 9 *A*, un peu moins de 2 *B*, un peu plus de 2 *C*, environ 3 *D*, un peu plus de 15 *E*… Ainsi, en 1931, lorsque l'Américain Alfred Mosher Butts a conçu le jeu du Scrabble, et alors que les ordinateurs n'existaient pas encore, afin de déterminer la fréquence des lettres (qui varie selon les langues, d'où la distribution différente des lettres, en nombre et en valeur, adaptée dans les diverses versions étrangères du jeu), il s'est mis à les compter une à une dans différents journaux ! On ne peut que le remercier pour ce dur labeur et pour avoir, avec ce jeu, égayé nos repas de famille !

« Maman, c'est quoi le mot de passe du wifi ?
– Range ta chambre d'abord. »
Une demi-heure plus tard :
« C'est fait, maman ! Alors, c'est quoi le mot de passe ?
– Range ta chambre d'abord, tout en minuscule, sans espace… »

Les brèves incroyablement vraies du WC BOOK

- Le film *Titanic* a été filmé dans une piscine en plastique.
- 95 % des gens affirment qu'ils deviennent nerveux quand ils entendent « Il faut qu'on parle ».
- Ne mettez pas le parfum *Obsession* de Calvin Klein quand vous faites un safari. Les guépards, tigres, jaguars et autres félins sont attirés par cette odeur.
- Contrairement aux blondes et aux brunes, les rousses ne développent jamais de cheveux gris en vieillissant.
- Un bâillement dure environ 6 secondes en moyenne.

MON PÈRE, J'AI PÉCHÉ...

Les alternatives au PQ

Avant l'invention du papier hygiénique, les Américains utilisaient des épis de maïs. Ou même des périodiques comme *l'Almanach des fermiers*, par exemple, qui était conçu avec un trou afin d'être suspendu dans les toilettes extérieures. Ils faisaient vraiment avec les moyens du bord... Autant dire qu'en cas de rupture de stock et en ultime recours seulement, vous pouvez utiliser ces pages du *WC Book* !

Si vous n'avez
pas trop le moral,
dites-vous que,
quelque part sur
cette Terre, quelqu'un
a été confiné avec
votre ex.

Le homard souffre-t-il quand on l'ébouillante ?

Les homards, ainsi que les crabes et les langoustes, ne ressentiraient aucune douleur, selon les scientifiques, puisque leur système nerveux ne serait pas assez développé. Ainsi, plongés dans l'eau bouillante, ils convulseraient seulement à cause de réflexes musculaires. Pourtant, des expériences réalisées en 2013 ont prouvé le contraire en se rendant compte que les crabes, les bernard-l'ermite et les crevettes évitaient les situations pouvant provoquer de la douleur. Ils tortillent leurs pattes quand celles-ci sont blessées. Ceci montrant, effectivement, qu'un système nerveux et la sensation de douleur sont bel et bien présents ! Les défenseurs des droits des animaux déplorent que ces pratiques n'aient toujours pas été totalement abandonnées aujourd'hui.

Combien le corps humain renferme-t-il de bactéries ?

• **100 000 milliards** : c'est le nombre de bactéries colonisant nos intestins, notre bouche, nos oreilles, notre sexe ou notre estomac.
• **1 à 2 kg** : c'est le poids total de ce microbiome.
• **170 espèces** : c'est environ ce qu'abrite chaque individu dans ses intestins...

Tu mets le pied
droit sur la balance
et tout va bien.
Tu mets l'autre pied
et tout part en vrille…
Mais, putain !!!
Il pèse combien
ce pied gauche !?

La première télécommande de télé

Reliée au poste de télévision par un fil, la première télécommande grand public de l'histoire, apparue en 1950 aux États-Unis, fut baptisée *Lazy Bones*, littéralement « os paresseux », qui se traduit par « flemmard » !

Charade

Mon **premier** suit le **R**,

Mon **second** est un

INSTRUMENT AFRICAIN,

Mon **troisième** ne se dit

PAS TOUJOURS,

Mon **quatrième** est

« **EST** » en anglais,

Mon **cinquième** est un pronom personnel à la

PREMIÈRE PERSONNE.

Mon **tout** est une des **PIRES**

PRATIQUES de l'histoire.

Solution : S-clave-âge-is-me (Esclavagisme).

Un jour de shabbat, à la synagogue, le rabbin s'approche d'une personne qu'il n'a jamais vue aux offices et lui dit :
« Je souhaite vous faire monter à la Torah. Pouvez-vous me donner votre nom ?
– Esther Lévy.
– Je vous demande pardon ?
– Esther Lévy. »
Le rabbin s'étonne :
« Mais c'est un prénom féminin, ça !
– Que voulez-vous, depuis mon dernier contrôle fiscal, j'ai tout mis au nom de ma femme… »

Pourquoi Facebook est-il bleu et blanc ?

Son créateur et PDG Mark Zuckerberg a choisi cette couleur bleue, emblématique de Facebook, non pour une raison esthétique, mais parce qu'il est daltonien ! Touché par cette anomalie de la vision affectant sa perception des couleurs, il n'a donc pas forcément « liké » celle qui lui plaît le plus, mais il a en tout cas opté pour la plus pratique !

Qui suis-je ?

Celui qui me fabrique peut me vendre, celui qui m'achète ne m'utilise pas et celui qui m'utilise ne le sait pas.

Solution : Le cercueil !

La statue de la Liberté n'est pas à New York !

Même si la US Geological Survey a placé Liberty Island dans le 8e district new-yorkais, l'île réside réellement dans les eaux du New Jersey dont elle est plus proche que de la Grosse Pomme. De quoi alimenter un débat sans fin entre les États de New York et du New Jersey…

« Il est où ton avocat ?
– Dans le frigo.
– Euh… Je veux dire, le mec qui te défend ?
– Il me défendait mal. »

QUI EST L'INTRUS ?

LEONARDO DICAPRIO

BRAD PITT

JOHNNY DEPP

TOM HANKS

GARY OLDMAN

AL PACINO

JACK NICHOLSON

CLINT EASTWOOD

MATT DAMON

ROBERT DE NIRO

JEAN DUJARDIN

SEAN PENN

JAMIE FOXX

Solution : Johnny Depp est le seul grand acteur de la liste qui n'a jamais reçu d'Oscar. En même temps, cela ne dérange pas plus que ça celui qui a déclaré un jour : « Je ne veux jamais gagner un de ces trucs, vous savez... »

Café, santé !

Ceux qui aiment le café peuvent s'estimer chanceux ! Une étude récente a découvert que « boire entre 3 et 5 cafés par jour est associé à une diminution du risque de maladies chroniques » et que « le café réduit la fatigue, augmente la vigilance et diminue le temps de réaction » ; c'est ce qu'ils appellent « l'effet coup de fouet ». Même si cela ne dure qu'un temps… Attention donc que votre consommation du café ne joue pas sur la qualité de votre sommeil, surtout si vous le buvez tard dans la journée et à dose élevée. Il est conseillé de ne pas dépasser en moyenne 400 mg de caféine par jour et, si c'est un expresso, il ne faudrait pas en absorber plus de 6 par jour. *A contrario,* la caféine a aussi des atouts insoupçonnés… sur les cancers, puisque des études ont révélé qu'elle est associée à une réduction du risque de mélanome, de cancer du sein et de celui de la prostate. Conclusion : la consommation du café est bonne pour la santé, mais avec modération, comme pour tout !

LABYRINTHE

DIFFICILE

SUDOKU

MOYEN

						9		
9	6	8	7				3	
			2				1	6
			4	7		8		
	5			2			6	
		7		5	1			
4	3				7			
	9				8	4	7	2
		5						

Solution page 614

Les brèves incroyablement vraies du WC BOOK

- Personne ne sait qui a inventé la bouche d'incendie parce que son brevet a été perdu dans un incendie.
- La Russie, le plus grand pays du monde, s'étend sur 17,1 millions de km^2, une superficie supérieure à celle de la planète Pluton (16,6 millions de km^2).
- Le divorce est illégal dans deux États : le Vatican et les Philippines.
- On ment davantage l'après-midi que le matin.
- Un scalaglobuphile collectionne les boules de rampe d'escalier.

COMBIEN ?

Lire pour maigrir ?

Au moins **1 000 calories** sont brûlées par jour juste en étant assis à ne rien faire. Et plus de **1 200 calories** pour **12 heures** de lecture ou d'utilisation de l'ordinateur. Qui a dit qu'on devait s'embêter à faire du sport, alors ?

Porto Rico n'est pas un pays !

Le fait que l'espagnol soit la langue principale de l'île peut faire penser que Porto Rico est bien un pays à part entière. Pourtant, c'est un territoire américain ! Les électeurs ont refusé de devenir indépendants lors d'un vote en 2012 et de nouveau en 2017. L'espagnol et l'anglais sont donc les deux langues officielles ! L'île a un statut un peu particulier, celui d'« État libre associé », les Portoricains ont donc les mêmes droits que les citoyens américains, avec un désavantage, et pas des moindres : ils n'ont pas le droit de voter à l'élection présidentielle.

MOTS MÊLÉS

Présidents français

Saurez-vous retrouver chacun des mots cachés dans ce tableau ?

Les mots peuvent être écrits horizontalement, verticalement, en diagonale ou à l'envers.

Mots à trouver :

1) AURIOL
2) CARNOT
3) CHIRAC
4) COTY
5) DESCHANEL
6) DOUMER
7) DOUMERGUE
8) FALLIERES
9) FAURE
10) GREVY
11) HOLLANDE
12) LEBRUN
13) LOUBET
14) MACRON
15) MILLERAND
16) MITTERRAND
17) POINCARE
18) POMPIDOU
19) SARKOZY
20) THIERS

JEUX

S	P	T	Z	L	Y	V	E	R	G	E	D	H	U	Z	J	L	Y	Ç	H
B	L	C	W	B	G	Z	P	L	Q	V	O	Y	T	O	C	N	G	G	H
N	P	R	P	Q	C	R	A	D	X	P	U	J	B	V	N	P	D	T	V
U	F	A	R	E	F	A	A	V	N	K	M	P	T	P	K	B	A	Y	J
R	A	J	H	R	Z	A	R	T	G	A	E	B	V	R	D	A	Z	Z	K
B	S	T	R	A	W	U	H	I	K	J	R	K	H	O	A	O	M	E	O
E	N	V	I	C	O	R	B	O	H	R	G	E	U	B	K	S	F	S	K
L	S	K	J	N	L	I	V	B	P	C	E	M	L	R	E	A	G	W	Y
B	R	E	G	I	P	O	X	D	J	E	E	H	A	L	U	Z	M	E	X
L	E	P	L	O	X	L	U	O	C	R	V	S	O	R	I	I	S	C	K
U	I	I	N	P	M	J	F	B	G	S	L	Y	E	L	T	M	N	F	E
D	H	K	Ç	N	C	Y	S	U	E	X	I	R	G	T	L	E	U	J	Y
B	T	U	V	Q	I	K	E	W	J	T	L	G	E	J	E	A	J	J	T
S	Ç	D	D	E	S	C	H	A	N	E	L	R	Z	J	O	Y	N	E	V
B	Ç	X	A	U	B	M	N	O	Z	C	R	K	X	I	A	R	I	D	O
U	F	A	L	L	I	E	R	E	S	A	P	O	M	P	I	D	O	U	E
P	G	K	L	X	U	M	I	K	N	R	C	M	J	N	Q	K	N	O	A
J	O	N	V	Y	Z	X	Z	D	L	N	O	R	C	A	M	W	J	P	S
B	W	A	N	B	G	K	Ç	Z	W	O	I	G	J	C	X	D	V	K	F
Z	C	C	W	M	J	R	C	Y	F	T	C	W	Y	M	X	V	O	Z	S

Solution page 608

Ma femme n'aime
pas quand je me promène
à poil dans la maison…

Elle m'a dit d'enfiler
un boxer.

Ce con de chien
m'a mordu !

VENDRE DU FAUX VIAGRA,
C'EST CONTREBANDER ?

POURQUOI CE N'EST QUE
10 SECONDES APRÈS AVOIR
RENDU NOTRE COPIE QUE L'ON
SE REND COMPTE DE NOTRE
ERREUR COMMISE DURANT
L'EXAMEN DE 4 HEURES ?

SI MA DIRECTRICE
ATTEND UN RAPPORT SUR SON
BUREAU LUNDI MATIN, EST-CE QUE
C'EST À MOI D'APPORTER
LE PRÉSERVATIF ?

L'ère caniculaire...

Il y a **56 millions d'années** a eu lieu le plus important épisode de réchauffement climatique connu à ce jour. Pendant **10 000** à **20 000 ans**, la température de la Terre a augmenté de **5 à 8 °C**. Conséquence : des palmiers ont poussé au pôle Nord ! Et la température des océans devait atteindre jusqu'à **36 °C** ! Les causes sont le gaz carbonique et le méthane, deux gaz à effet de serre. Le gaz carbonique venait d'une intense activité volcanique et le méthane, du fond des océans...

Robert demande à sa femme Danielle :
« Voilà, ma chérie. Pour nos 35 ans de mariage, je pensais t'offrir un joli bijou avec diamants.
– Oh non, pas ça !
– Que penses-tu alors de la dernière voiture DS 3 ?
– Euh… non. Pas ça.
– Ou bien, une semaine de luxe sur une île aux Maldives ?
– Non plus…
– Alors, dis-moi ce qui te ferait VRAIMENT plaisir ?
– Euh… J'aimerais tellement divorcer !
– Ahlala !!! Ce serait avec le plus grand plaisir, ma chérie, mais je n'ai pas prévu de dépenser autant ! »

Elle finit son coca et je l'anime

ELLE FINIT SON COMA ET JE LA NIQUE

Si ça se trouve,
les tyrannosaures
ont disparu à cause
d'un virus, parce qu'ils
avaient les bras trop
courts pour réussir
à mettre un masque.

QUIZ

De quelle nationalité est le célèbre écrivain Milan Kundera ?

a. Bulgare
b. Roumaine
c. Hongroise
d. Tchécoslovaque

Solution : d. Tchécoslovaque. Milan Kundera est né à Brno en 1929, mais il a été naturalisé français en 1981.

Une étude récente sur les effets de l'alcool :

- Vodka + glaçons = problèmes aux reins
- Rhum + glaçons = problèmes au foie
- Whisky + glaçons = problèmes au cœur
- Gin + glaçons = problèmes au cerveau

Résultat de l'étude :

Ces saloperies de glaçons sont à l'origine de tous nos maux !

JEUX

MOTS CROISÉS

HORIZONTALEMENT
1. École du Pays basque
2. Fêtardes
3. Excrétai
4. Commune française des Hautes-Pyrénées - Mammifère arboricole d'Amérique du Sud
5. Cérium - Cri pour faire aller un cheval à gauche
6. Bravai
7. Battement de la mesure dans le vers antique
8. Écarte

VERTICALEMENT
I. Stérile
II. Langues véhiculaires
III. Balles de service au tennis - Accident ischémique transitoire
IV. Monnaie divisionnaire japonaise - Dictionnaire
V. Population des Grands Lacs africains - Pronom personnel
VI. Risqua - Ancienne commune française de la Dordogne
VII. Prénom de princesse - Étain
VIII. Arsenic - Unité de sensibilité des émulsions photographiques

JEUX

	I	II	III	IV	V	VI	VII	VIII
1								
2								
3								■
4				■		■		
5			■				■	
6					■		■	
7		■						■
8								

Solution page 617

Pour 1 litre
d'huile de palme,
il faut abattre
25 plongeurs.
STOP AU
NUTELLA !

J'AI RÊVÉ QUE
JE ME RÉVEILLAIS !
C'EST ÉTRANGE, CES RÊVES
PRÉMONITOIRES !

Le saviez-vous ?

L'anatidaephobie, encore une drôle de peur !

L'anatidaephobie est la peur… d'être observé par un canard ! Les personnes atteintes de cette phobie sont terrorisées à l'idée qu'un canard (ou tout autre animal de la famille des *Anatidae* comme les oies ou les cygnes) les regarde d'un air malsain… C'est tellement étrange que cela ne peut pas être vrai ! Et, en effet, cette phobie n'existe pas ! Elle a été inventée par Gary Larson, un auteur américain de dessin humoristique et de BD. Il est aussi l'inventeur de la lusposlipaphobie, la peur de se retrouver en train de courir autour d'une table en chaussettes, poursuivi par une meute de loups, alors que le parquet vient d'être ciré ! Il y en a qui ont de l'imagination à revendre !

Charade

Mon **premier** **VIBRE**,

Mon **second** **BRILLE**,

Mon **troisième** est la plus **MINCE DES VOYELLES**,

Mon **quatrième** **INFUSE**.

Mon **tout** est une **QUALITÉ ACOUSTIQUE**.

Solution : Son-or-I-thé (Sonorité).

Le lion est un petit vicieux !

Le lion prend un malin plaisir à attaquer sa proie en surgissant derrière elle sans qu'elle s'en aperçoive. Au Botswana, un chercheur australien a eu la drôle d'idée de peindre au pochoir deux gros yeux ouverts sur les fesses d'une centaine de vaches. Il affirme que, durant les quatre années qu'a duré son étude, aucune vache marquée n'a été attaquée, contrairement à celles qui n'étaient pas peintes ! Reste à savoir combien de temps cette mascarade va marcher…

J'avais une blague sur les myopes, mais vous n'étiez pas près...

LABYRINTHE

FACILE

JEUX

SUDOKU

DIFFICILE

			7	1	3			6
				5	6		3	
			9			7		
6		1					2	4
7	4						9	3
5	9					1		8
		7			2			
	1		3	9				
4			1	8	7			

Solution page 614

Le saviez-vous ?

Le nom du chanteur des Guns N'Roses, Axl Rose, est l'anagramme d'« oral sex ».

Que suis-je ?

Si tu trouves le passage,
alors je t'apparais.
Tu peux me garder
ou me partager,
Mais si tu me partages,
je disparais.

Solution : Le secret !

Le saviez-vous ?

Des schizophrènes célèbres

De nombreuses personnes célèbres atteintes de schizophrénie ont contribué de façon remarquable à la société en tant qu'artistes, politiciens, scientifiques, athlètes ou financiers. En voici une liste non exhaustive :

- Antonin Artaud (1896-1948), un génie qui fut poète, dramaturge, acteur, metteur en scène et essayiste.
- Joanne Greenberg, l'auteure de *Je ne t'ai jamais promis un jardin de roses* (1964).
- John Forbes Nash Jr., grand mathématicien, prix de la Banque de Suède en sciences économiques en mémoire d'Alfred Nobel (1994).
- Kurt Gödel, grand logicien du XXe siècle et ami d'Einstein.
- Isaac Newton, fameux physicien du XVIIe siècle.
- Georg Cantor, grand mathématicien, connu pour ses travaux sur l'infini.
- Syd Barrett, fondateur du groupe Pink Floyd. Sa schizophrénie a été accentuée par la consommation de LSD dans les années 1970.
- Vincent van Gogh, peintre hollandais de la deuxième moitié du XIXe siècle. Ce sont dans les Lettres à son frère Théo que l'on apprend sa maladie mentale. Il se fera interner à sa demande à l'asile de Saint-Paul de Mausole et y peindra ses œuvres les plus célèbres, dont *La Nuit étoilée* (1889).
- Socrate, philosophe grec du Ve siècle avant J.-C.

James, le kakou, invite Belinda, la cagole, lors d'un petit déjeuner sur le Vieux-Port :

« Et, sinon, tu veux faire quoi plus tard ?

– Euh… déjeuner.

– Non, mais genre “dans le futur” ?

– Ahhh… dîner. »

QUI EST L'INTRUS ?

LE BAISER

FRISE BEETHOVEN

LA VIE ET LA MORT

DANAÉ

LA DESSERTE ROUGE

LES VIERGES

JUDITH ET HOLOPHERNE

NUDA VERITAS

L'ESPOIR II

PORTRAIT D'ADELE BLOCH-BAUER I

CHAMP DE COQUELICOTS

Solution : La Desserte rouge (1908) est la seule œuvre d'Henri Matisse (1869-1954), toutes les autres sont de Gustav Klimt (1862-1918).

Classé sans suite...

Un document déclassifié révèle qu'en 1967, les États-Unis songeaient à foudroyer des cibles au moyen d'un câble transporté par avion dans l'orage, et déroulé jusqu'au sol. Pourquoi pas...

Le saviez-vous ?

Les brèves incroyablement vraies du WC BOOK

- La forêt amazonienne s'étend sur 9 pays : le Brésil, le Pérou, la Colombie, le Venezuela, la Guyane française, le Suriname, le Guyana, la Bolivie, l'Équateur.
- Dans *Les Simpson,* tous les personnages ont des mains à quatre doigts, sauf Dieu et Jésus.
- Al Capone n'a été blessé par balle qu'une seule fois, mais par lui-même.
- En Roumanie, un « Alain Delon » désigne une veste en daim fourrée.
- Dans la première version du film *Scarface* de Howard Hawks (1932), certaines scènes de fusillades ont été tournées à balles réelles.

Le saviez-vous ?

Il y a une race de poules noires qui pond des œufs noirs !

Vous ne me croyez pas ?

Allez sur Google et tapez : « Big Black Cock » (grand coq noir).

La valeur nutritive…
… de la chair humaine

143 770, c'est environ le nombre de calories en graisses et protéines que fournit un corps ! Plutôt nutritif, finalement… Des restes d'humains croqués par des mammifères ont d'ailleurs été retrouvés sur des sites paléolithiques. L'archéologue américain James Coles a publié ce résultat en 2017. Son travail était d'analyser la composition chimique de corps d'hommes adultes donnés à la science. Pour lui, le cannibalisme de l'époque ne serait pas dû à des raisons nutritives. Pour quelle raison ont-ils été mangés ? Est-ce que ce serait pour des raisons funéraires ou, au contraire, pour quelque chose de plus barbare ?

Coup de froid sur le mercure !

On estime généralement que la température corporelle normale est d'environ **37 °C**. Mais cette moyenne est remise en question car, en étudiant plus de **6 000 relevés** de températures corporelles aux États-Unis entre 1862 et 2020, des scientifiques ont constaté que la température moyenne avait baissé de **0,03 °C par décennie**. Aujourd'hui, la température normale se situerait plutôt à **36,5 °C**.

« J'ai acheté
des menottes pour
baiser avec toi...
– Mais... Je ne veux
pas baiser avec toi !
– Justement... »

TÉLÉTRAVAIL

Charade

Mon **premier** **SÉPARE**,

Mon **second** **SÉPARE**.

Mon **tout** **SUSURRE**.

Solution : Mur-mur (Murmure).

Le saviez-vous ?

Le chanteur britannique Mike Oldfield est allé de son acte de résistance anti-commercial sur *Amarok* (1990). Pour protester contre son label, Virgin, qui l'avait plus ou moins contraint à faire ce disque, il a fait en sorte que l'album ne compte qu'une seule piste de 60 minutes, avec un passage dissonant en intro et un message en morse à la 48e minute : « F.U.C.K.O.F.F.R.B. » (RB pour Richard Branson, le patron de Virgin).

Qui suis-je ?

Accompagnée d'un mari, je suis votre mère. Enlevez-moi la tête et la queue, je suis votre père.

Solution : Madame (le titre d'une femme mariée). Mais retirez le M initial (la tête) et le E final (la queue), MadamE se transforme en ADAM, le père de tous les humains.

John est fiévreux et met son thermomètre sous l'aisselle pour prendre sa température.

Quelques instants plus tard, sa petite amie, Lucie, entre dans la chambre :

« Alors, mon John chéri ?

– Le thermomètre ne marche pas.

– Et t'as déjà essayé dans les fesses ?

– Avec un copain, une fois, mais quel rapport ? »

Pourquoi les plats mijotés sont-ils meilleurs le lendemain ?

Un bon plat mijoté passe, en réalité, par une double cuisson de la viande. La première est de saisir la viande en la passant au four à 150 °C ; une fois saisie, on passe à la cuisson à couvert avec un bouillon. Plus l'on réchauffera la viande, plus le goût sera rehaussé ! La graisse fond et va absorber les arômes avant d'enrober la viande de ce concentré de saveurs. Voici un Top 10 des plats encore meilleurs réchauffés le lendemain :

- Les spaghettis à la bolognaise
- La blanquette de veau
- Les lasagnes
- Le poulet au curry
- Le hachis Parmentier
- Le bœuf bourguignon
- La carbonade flamande
- Le lapin à la moutarde
- L'osso buco
- Le chili con carne

Mars 2022. Au Conseil des ministres du mercredi matin, Emmanuel Macron demande au ministre de l'Économie Bruno Le Maire :

« Bruno, t'es sûr que ça va ? T'as pas l'air du tout en forme…

– M'en parle pas… Je me suis réveillé la dette dans le cul ! »

QUI EST L'INTRUS ?

ROMANTISME

ORIENTALISME

PRIMITIVISME

RÉALISME

CUBISME

ESTHÉTISME

IMPRESSIONNISME

ART NOUVEAU

SYMBOLISME

SÉCESSION

Solution : Le cubisme est le seul mouvement artistique du XXe siècle, tous les autres sont des mouvements ou courants artistiques du XIXe siècle.

La nature, une vraie balance !

Si vous comptiez enfouir le corps de votre belle-mère au fond d'une forêt après l'avoir trucidée, réfléchissez-y à deux fois ! Des botanistes américains suggèrent que la couleur du feuillage des arbres pourrait trahir la présence d'un corps enterré à proximité. L'apport soudain en nutriments devrait avoir un impact sur la façon dont les feuilles réfléchissent la lumière et cette modification pourrait être visible à l'aide de drone… Un facteur éventuel de nature à décourager !

QUIZ

Quelle est la capitale de la Jordanie ?

a. Zarka
b. Amman
c. Irbid
d. Salt
e. Gaza
f. Alep

Solution : b. Amman. Avec plus de 4 millions d'habitants (en 2016), c'est la plus grande ville du pays et sa capitale depuis 1921. À noter que Gaza (territoire palestinien) et Alep (Syrie) ne se trouvent pas en Jordanie.

Les brèves incroyablement vraies du WC BOOK

- Selon les astronautes, l'espace sent le steak et le métal chaud.
- L'entreprise Nintendo a été fondée en 1889 sous le nom Nintendo Koppaï, qui signifie « laissons la chance au ciel » ou « laisser sa fortune entre les mains du destin ».
- C'est tout à fait contre-intuitif mais, exposée à des températures négatives, l'eau chaude gèle bien plus rapidement que l'eau froide.
- Napoléon mesurait 1,68 m, soit une taille supérieure à la moyenne de l'époque.
- En anglais, quand on est très content, on se dit « heureux comme une palourde à marée haute » *(happy as a clam at high tide)*.

JEUX

MOTS MÊLÉS

Primates

Saurez-vous retrouver chacun des mots cachés dans ce tableau ?

Les mots peuvent être écrits horizontalement, verticalement, en diagonale ou à l'envers.

Mots à trouver :

1) AVAHI
2) BANDAR
3) BONOBO
4) CALLICEBE
5) CAPUCIN
6) CHIMPANZE
7) DOUC
8) GIBBON
9) HURLEUR
10) INDRI
11) MACAQUE
12) MOUSTAC
13) OUANDEROU
14) OUISTITI
15) PATAS
16) SAGOUIN
17) SAKI
18) TAMARIN
19) TARSIER
20) VERVET

JEUX

B	R	D	I	Z	I	T	G	C	L	I	Ç	D	M	C	P	W	Y	M	M
B	N	A	Z	G	B	V	Z	K	W	K	Y	A	S	A	W	R	I	L	N
P	I	O	S	I	T	M	B	Y	P	E	C	D	I	L	T	R	Y	W	X
D	U	R	X	B	V	A	W	I	K	A	S	U	B	L	Q	C	F	F	V
D	O	U	C	O	B	E	W	Z	Q	E	O	B	V	I	F	S	M	B	G
V	G	E	U	N	J	S	R	U	R	R	N	K	Q	C	Y	W	Q	J	I
T	A	L	F	O	Ç	C	E	V	E	Q	R	K	W	E	V	M	G	A	C
T	S	R	G	B	M	U	N	D	E	K	W	B	Y	B	X	T	M	V	L
A	A	U	I	O	F	B	N	V	Q	T	I	Ç	N	E	Ç	M	O	O	Q
R	B	H	T	I	Q	A	I	N	O	Z	B	S	N	P	W	B	Z	Y	G
S	Y	N	I	V	U	U	D	P	A	V	A	H	I	H	W	I	M	I	S
I	R	I	T	O	F	K	P	V	B	W	V	E	C	D	I	F	B	J	Q
E	J	R	S	E	Z	N	A	P	M	I	H	C	U	S	G	B	O	Y	C
R	K	A	I	A	R	E	Z	A	C	Z	F	I	P	M	O	H	C	A	U
S	S	M	U	U	H	Ç	G	A	I	N	D	R	A	N	P	E	T	T	J
P	X	A	O	R	K	D	B	A	N	D	A	R	C	A	N	S	O	K	D
R	Ç	T	U	D	I	K	F	A	L	L	F	N	T	R	U	T	I	Ç	P
T	D	A	Q	V	H	N	P	V	Q	X	O	A	N	O	M	R	Y	L	U
N	R	G	O	A	Q	A	E	T	B	N	S	Y	M	N	K	U	P	X	M
S	Y	G	E	T	F	C	N	H	I	C	C	I	N	D	R	I	M	B	W

Solution page 609

Hier soir,
je me suis dit :
« Stéphane, tu ne boiras
pas une goutte d'alcool. »
Heureusement,
je ne m'appelle pas
Stéphane.

Ligne directe avec l'au-delà

1 485 kHz : un nombre qui représente la fréquence des fantômes ! C'est ce qu'affirmait l'artiste suédois Friedrich Jürgenson (mort en 1987), un pionnier dans l'art de capter les voix des défunts. Il aurait pu entendre sur cette fréquence Staline, Einstein ou Van Gogh... Que du beau monde... Allô, Friedrich ? T'es là ?

LABYRINTHE

MOYEN

SUDOKU

MOYEN

3				7	1		2	4
	1			3		7	5	
			4				1	
2				8				7
	3		7		9		6	
6				5				1
	2				8			
	8	3		9			4	
7	4		2	1				8

Solution page 614

Saler l'eau des pâtes ne sert à rien !

En effet, beaucoup croient que mettre du sel accélère l'ébullition de l'eau. Eh bien non, au contraire ! L'eau augmente le point d'ébullition et donc l'eau salée mettra plus de temps à bouillir. Pour que l'eau porte à ébullition, le cap des 100 °C doit être dépassé. Les aliments cuiront plus vite à ce moment-là. Mais en réalité, ce gain de temps est minime ! Vous gagnerez en moyenne… 2 secondes. Saler l'eau de cuisson n'a qu'un seul avantage : que vos pâtes ne collent pas !

TU ME TROMPES ?
TU SAIS PAS DIRE "FAIS-MOI UNE PIPE", COMME TOUT LE MONDE ?

Il faut être
soie avant de
se demander
d'où on est
tissu !

Est-ce que les autruches s'enfoncent vraiment la tête dans le sable devant le danger ?

Eh bien non, c'est juste un mythe ! Elles mourraient suffoquées si elles se mettaient vraiment la tête dans le sol ! Si un prédateur approche, elles vont plutôt coucher leur tête et leur cou, de couleur pâle, sur le sol pour passer inaperçues. C'est pour cette raison que les gens pensent apercevoir de loin leur tête enfouie.

JEUX

MOTS CROISÉS

HORIZONTALEMENT

1. Douleurs musculaires
2. Ununbium - Commune française des Pyrénées-Atlantiques
3. Trempâmes
4. Indium - Mammifère de l'ordre des ongulés
5. Césium - Interjection
6. Lieu de délices
7. Boudinai
8. Nickel - Métal jaune - Île de la Charente-Maritime

VERTICALEMENT

I. Concertiste
II. Pièces de monnaie chinoise - Lettre de l'alphabet grec
III. Ancêtre - Conjonction de coordination
IV. Groupe d'artistes flamencos
V. Grotte en occitan - Bonne fortune
VI. Prénom féminin - Neodyme
VII. Étale - Argon
VIII. Sélénium - Interjection de douleur

	I	II	III	IV	V	VI	VII	VIII
1								
2				■				■
3								
4			■		■			
5			■			■		■
6		■					■	
7								
8			■			■		

Solution page 617

LES QUESTIONS À LA CON

QUAND ON PARLE D'UN TOUR DE FRANCE PROPRE, C'EST PARCE QU'ON MET LES SERINGUES AU LAVE-VAISSELLE ?

POURQUOI, À LA FIN DE *KOH-LANTA*, LES FEMMES NE SE RETROUVENT PAS AUSSI POILUES QUE LES HOMMES ?

UNE FEMME OPTIMISTE VOIT-ELLE LA BITE À MOITIÉ DURE OU À MOITIÉ MOLLE ?

Sonia dit à son mari Jérôme :

« C'est quand même bizarre que tu aies des pieds aussi petits par rapport à ta taille !

– C'est parce que ma mère s'entêtait à me mettre des chaussures trop petites quand j'étais bébé !

– Ah bon ? Alors, elle a dû te mettre aussi des couches trop petites, probablement ! »

L'impact écologique de vos jeans

Attention à vos jeans Levi's (et aux autres) ! À chaque fois qu'on en lave un, environ 50 000 microfibres de cellulose de coton sont libérées. Malgré les stations d'épuration, une bonne partie d'entre elles sont dispersées aux quatre coins du monde. Une équipe canadienne en a même retrouvé en Arctique ! Bref, rien ne vaut un jean sale…

Charade

Mon **premier** est une
VITAMINE,

Mon **second** est un **RITUEL**
en Asie,

Mon **troisième** s'étire
SUR LE LIT,

On paye avec mon **quatrième** en
ROUMANIE.

Mon **tout** a brûlé sa **FLÈCHE**.

Solution : K-thé-drap-le (Cathédrale).

Pourquoi n'a-t-on aucun souvenir de sa naissance ?

On ne se souvient ni de sa naissance ni de ses premières années. Avant l'âge de 3 ans, la multiplication des neurones modifie nos circuits cérébraux associés à la mémoire et entraîne une perte de souvenirs. D'autres paramètres comme la conscience de soi, le repérage dans le temps ou le langage pourraient également rentrer en jeu. Ainsi, de nombreux éléments qui se développent durant l'enfance expliqueraient qu'on ne soit pas capable, tout petit, de former des souvenirs « durables ».

À part « comme tu veux », quelle autre menace de mort utilisent les femmes ?

« J'ai acheté
un réfrigérateur qui
ne fonctionne pas.
Je l'ai payé en
4 fois sans frais.
– Bah, voilà... »

Le saviez-vous ?

En 1941, Billie Holiday se fait le relais de « Gloomy Sunday » (« Sombre dimanche ») du compositeur hongrois Rezsó Seress. Sa portée funeste ne s'arrête pas aux paroles désespérées : ce titre serait porteur d'une malédiction. Quiconque l'entendrait serait poussé au suicide, à l'instar de son auteur…

Quel est le poids d'un cartable scolaire ?

En France, le cartable d'un élève de 6e pèse en moyenne **9 kg**. Il varie entre **7** et **11 kg**, soit entre **17,5** et **27,5 % du poids** de l'enfant, alors qu'il ne devrait pas excéder **15 %**, soit **6 kg**. Quand le poids de la connaissance est trop lourd à porter, on en a plein le dos...

Enigmes

Faites écrire un nombre quelconque, puis un second nombre formé avec les mêmes chiffres que le premier, mais dans un ordre différent. Faites soustraire les deux nombres et barrer un des chiffres de la différence. Si l'on vous donne la somme des autres chiffres de cette différence, vous pouvez deviner le chiffre barré.

Comment est-ce possible ?

En arithmétique, un nombre quelconque est égal à un multiple de 9 augmenté de la somme des chiffres du nombre considéré. Ainsi, si deux nombres sont composés des mêmes chiffres, leur différence est un multiple de 9 et, par la suite, la somme de ces chiffres est aussi un multiple de 9. Par exemple, prenons les nombres 4 561 et 5 614. La différence est 1 053. Si vous barrez le chiffre 5 et si vous connaissez la somme (4) des deux autres (1 + 0 +3 = 4), le chiffre barré se trouve tout de suite : puisque la somme totale des chiffres est un multiple de 9, le chiffre barré ne peut être que 5 (5 + 4 = 9). Il peut y avoir une certaine ambiguïté si vous barrez le 0 ou le 9. Par exemple, pour la différence 1 053, si vous barrez le 0 et vous donnez la somme de 9, le chiffre barré peut être soit 0 soit 9.

Les plus rapides au monde – TOP 3

3 - Le son
2 - La lumière
1 - Le « C'est qui ??? » de ta copine quand tu reçois un nouveau SMS.

HOP ! HOP ! HOP !
IL COMMENCE À ME CASSER LES COUILLES, CELUI-LÀ !

Le saviez-vous ?

Le verbe inventé par Carrefour !

On se souvient tous du slogan de la publicité : « Avec Carrefour, je positive ». Ce sont donc les publicitaires de cette célèbre enseigne de la grande distribution qui ont inventé le verbe « positiver » en 1988 et qui signifie « envisager les choses d'un point de vue positif et constructif ».

QUIZ

Dans la très populaire série *Stranger Things*, quel garçon disparaît lors de l'épisode 1 de la saison 1 ?

a. Mike
b. Dustin
c. Will
d. Lucas

Solution : c. Will Byers. Âgé de 12 ans, il est attaqué par une créature et se retrouve piégé dans le « monde à l'envers », une autre dimension.

QUI EST L'INTRUS ?

MAÎTRE GIMS

KENDRICK SAMPSON

SOPRANO

DUA LIPA

BLACK M

KEEN'V

AMIR

BRUNO MARS

JOHN LEGEND

FLO RIDA

Solution : Kendrick Sampson est le seul acteur, tous les autres sont des chanteurs.

Macron nous a dit deux gros mois !

MACRON NOUS A MIS DEUX GROS DOIGTS !

LABYRINTHE

DIFFICILE

SUDOKU

DIFFICILE

				3	8	4		
		5	1	4				
					5		9	8
9							4	
	7	8		5		9	1	
	6							5
4	1		2					
				8	4	6		
		7	5	1				

Solution page 614

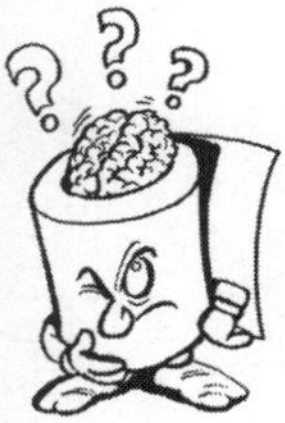

QUIZ

Quel est le fleuve français le plus long ?

a. La Loire
b. La Garonne
c. La Seine
d. Le Rhône

Solution : a. La Loire, qui traverse 12 départements, avec une longueur de 1 012 kilomètres. Elle devance le Rhône (812 kilomètres), la Seine (776 kilomètres) et la Garonne (647 kilomètres).

Le saviez-vous ?

Les moyens du bord !

Il y a longtemps, vers 1500 avant J.-C., les Méditerranéennes utilisaient… des éponges de mer pour leurs règles ! Quant aux Africaines, elles prenaient des rouleaux d'herbes en guise de protections !

Ce n'est qu'après la Première Guerre mondiale que les infirmières ont pour idée de mettre des compresses et c'est ce qui inspirera l'idée des premières serviettes hygiéniques.

Le saviez-vous ?

Les brèves incroyablement vraies du WC BOOK

- Aux États-Unis, 450 hommes meurent chaque année d'un cancer du sein.
- « Goodbye » est une forme contractée de « God be with you » (« Que Dieu soit avec vous »).
- Aux États-Unis, plus de 300 filles s'appellent Abcde…
- La police de Dubaï possède une flotte de véhicules très spéciale. Elle est notamment composée de certaines des voitures les plus luxueuses et les plus rapides au monde comme la Lamborghini Aventador, la Ferrari FF ou encore la Chevrolet Camaro SS !
- Les flamants sont roses parce que leur alimentation, à base d'algues et de crustacés, contient du carotène.

Mes sont parfois
déplacés.

propos

Peace and love

À travers le monde, **22 pays** n'ont pas d'armée nationale : Andorre, Costa Rica, Dominique, Grenade, Îles Cook, Îles Marshall, Îles Salomon, Islande, Kiribati, Liechtenstein, Île Maurice, Micronésie, Nauru, Niue, Palaos, Panama, Samoa, Saint-Christophe-et-Nièves, Sainte-Lucie, Saint-Vincent-et-les-Grenadines, Tuvalu, Vanuatu.

L'esperluette, ancienne 27e lettre de l'alphabet

L'esperluette est le caractère typographique & signifiant « et ». On l'appelle aussi le « *et* commercial », car elle est essentiellement utilisée dans les domaines du commerce, de la publicité et de la communication (ex. : *Science & Vie*, Nature & Découvertes, AT&T, M&M's, Barnes & Noble, Ernst & Young, Lefebvre & Fils, etc.). La société France Télécom est symbolisée par son logo en forme d'esperluette rouge et orange. L'esperluette a d'autres graphies : on peut aussi l'écrire « perluette », « perluète », « éperluète » et « esperluète ». En anglais, ce caractère est appelé *ampersand*. Elle résulte de la ligature du *e* et du *t*.

Cocoricoooooo !!!

142 décibels : c'est le niveau sonore maximal enregistré à l'intérieur de l'oreille d'un coq qui pousse la chansonnette et c'est plus bruyant qu'un marteau-piqueur ! Pour se faire une idée : l'homme peut risquer de perdre l'audition avec des sons supérieurs à **120 décibels**. Le coq ne devient pas sourd car, lorsqu'il fait des vocalises, des tissus mous ferment son conduit auditif. En gros, c'est comme s'il se mettait des bouchons d'oreille ! Pratique, non ? Quoiiii ???

POURQUOI LORSQUE JE PORTE DES CHAUSSURES, JE NE HEURTE JAMAIS UN MEUBLE ALORS QUE SI J'ÉTAIS PIEDS NUS, IL EST CERTAIN QUE JE ME COGNERAIS VIOLEMMENT LE PETIT DOIGT DE PIED ?

UNE NOISETTE QUI EST CAS CONTACT, ELLE DOIT ALLER AU CENTRE DES PISTACHES ?

JEUX

MOTS MÊLÉS

Synonymes de liberté

Saurez-vous retrouver chacun des mots cachés dans ce tableau ?

Les mots peuvent être écrits horizontalement, verticalement, en diagonale ou à l'envers.

Mots à trouver :

1) ABANDON
2) AISANCE
3) AUDACE
4) AUTONOMIE
5) CHOIX
6) DELIVRANCE
7) DESINVOLTURE
8) DISPENSE
9) DISPONIBILITE
10) DROIT
11) FACILITE
12) FACULTE
13) HARDIESSE
14) INDEPENDANCE
15) INTIMITE
16) LATITUDE
17) LIBERATION
18) POSSIBILITE
19) PRIVAUTE

JEUX

P	A	I	S	A	N	C	E	T	U	A	V	I	R	P	Q	S	B	X	M
S	L	O	Ç	T	E	S	S	E	I	D	R	A	H	H	U	O	K	T	Ç
W	Q	L	A	T	I	T	U	D	E	Ç	U	C	W	H	E	F	S	P	I
Q	T	A	Y	P	Y	D	C	R	V	T	Q	U	I	A	V	D	S	H	I
E	T	J	U	O	Y	A	L	O	B	Q	E	D	N	D	F	C	D	F	M
G	Ç	Z	K	S	N	D	V	I	V	T	M	S	D	E	T	N	F	Y	F
A	Y	X	Ç	S	P	Y	G	T	A	J	L	R	E	R	R	H	A	G	A
E	T	I	L	I	B	I	N	O	P	S	I	D	P	U	J	U	C	I	C
W	I	N	C	B	M	V	W	N	I	K	D	F	E	T	J	J	I	N	U
L	M	N	O	I	T	A	R	E	B	I	L	A	N	L	A	Q	L	T	L
O	B	P	Ç	L	A	L	R	G	P	S	N	U	D	O	M	Ç	I	I	T
U	D	S	T	I	M	A	Z	G	D	G	R	D	A	V	N	L	T	M	E
S	N	G	G	T	W	D	X	I	Y	X	H	A	N	N	C	H	E	I	T
O	O	L	W	E	G	I	S	Z	U	Ç	I	C	C	I	P	K	N	T	Ç
F	D	C	B	A	O	P	D	Y	T	R	Z	E	E	S	X	I	I	E	Q
G	N	A	L	H	E	L	G	W	A	M	X	B	K	E	V	Z	C	F	A
L	A	E	C	N	A	R	V	I	L	E	D	I	M	D	R	Ç	V	Ç	A
L	B	G	S	D	Z	U	V	L	U	D	V	X	W	O	P	M	C	E	L
J	A	E	A	T	L	A	U	T	O	N	O	M	I	E	B	U	F	H	J
I	X	Y	S	V	Q	G	S	T	Q	X	M	R	I	O	I	F	W	C	H

Solution page 609

Le saviez-vous ?

L'altitude idéale

Si vivre au-dessus de 3 000 mètres d'altitude peut provoquer des nausées, le faire entre 1 000 et 1 500 mètres serait bénéfique pour la santé. Cela aurait pour effet de réduire l'hypertension et d'améliorer la circulation du sang. La vie en altitude pourrait même faire maigrir ! L'appétit serait diminué, ce qui accélérerait la perte de masse graisseuse. Par ailleurs, l'altitude diminuerait les risques cardiovasculaires chez les personnes âgées. Bref, la montagne, ça vous gagne !

PEINTRE VISIONNAIRE

Charade

Mon **premier** S'EXCLAME,

Mon **second** n'est pas MOCHE,

Mon **troisième** est L'IMPÔT SUR LES SOCIÉTÉS,

Mon **quatrième** sert à CHASSER LES MOUCHES en été.

Mon **tout** est bien ÉLEVÉ.

Solution : Oh-belle-IS-queue (Obélisque).

Le saviez-vous ?

Kathleen Hanna, la chanteuse du groupe punk rock Bikini Kill, a donné à Kurt Cobain l'idée du célèbre titre « Smells Like Teen Spirit » de Nirvana, quand elle a peint « Kurt Smells Like Teen Spirit » sur le mur de sa chambre après une nuit de beuverie et de graffitis. Le Teen Spirit était un déodorant bon marché très populaire à l'époque…

Qui suis-je ?

Devinez de qui il s'agit
avec ces 3 indices :
Médecin - Circulation - Cœur

Solution : William Harvey (1578-1657). Ce médecin anglais fut le premier à décrire le rôle du cœur et de la circulation sanguine.

Deux copines salivent devant la vitrine du pâtissier :
« Mmmmm… Entrons !!! Mais qu'est-ce qu'on ferait sans la bouffe ???
– Ben, du 36… »

Le saviez-vous ?

Les expressions régionales

Les connaissez-vous et savez-vous d'où elles sont originaires ?

• « Il a des yeux de gobi » : il est niais (le gobi est un poisson).
Midi

• « T'as bien crouillé la porte ? » : t'as bien fermé la porte à clé ?
Mayenne

• « Elle nous fait encore des petits pieds » : elle est encore enceinte.
Normandie

• « Ce sera un mouniou » : ça sera un petit garçon.
Bourgogne

Le saviez-vous ?

• « Tu veux bien passer la wassingue ? » : tu veux bien passer la serpillière ?
Nord

• « Une voiture m'a spritzé » : une voiture m'a éclaboussé.
Lorraine

• « Tu me files un schlouk ? » : tu me passes une gorgée ?
Lorraine

• « Mais qu'est-ce que tu bouines ? » : mais qu'est-ce que tu fais ?
Loire-Atlantique

• « Je vous mets vos courses dans un pochon ? » : je vous mets vos courses dans un sac en plastique ?
Charente, Limousin, etc.

Le saviez-vous ?

• « Tu n'es qu'un bambane » : tu n'es qu'un paresseux.
Lyon

• « Je t'ai vu, tu frouilles » : je t'ai vu, tu triches.
Rhône-Alpes

• « J'ai été enfondu par un agadiau » : je suis trempé jusqu'aux os à cause d'un orage.
Centre

• « Il est totalement calu » : il est totalement fou.
Midi

• « Je me suis chivadé » : je suis tombé.
Auvergne

• « On était esquichés dans le métro » : on était serrés dans le métro.
Midi

Le saviez-vous ?

• « C'est le craillon ici » : c'est en désordre ici.
Limousin

• « Tu vas la drailler » : tu vas la casser.
Bretagne

• « Ça fugnotte ici » : ça ne sent pas bon ici.
Franche-Comté

• « J'ai la cagne » : j'ai la flemme.
Midi

• « Je me suis fait empéguer par les flics » : je me suis fait prendre par les flics.
Midi

• « Viens là, que je te fasse un gâté » ! : viens là, que je te fasse un câlin !
Midi

• « Je suis escagassé » : je suis fatigué.
Midi

Le saviez-vous ?

- « J'ai mangé une couque au chocolat » : j'ai mangé un pain au chocolat.
Belgique

- « J'ai envie d'un baron » : j'ai envie d'une pinte.
Normandie, Champagne

- « J'étends le linge sur le tancarville » : j'étends le linge sur l'étendoir.
Normandie

- « Il n'y a plus de gâche » : il n'y a plus de place.
Lyon

- « Il fait cru, ce matin » : il fait froid, ce matin.
Belgique

- « Tu viens à la vogue ? » : tu viens à la fête foraine ?
Lyon, Saint-Étienne

- « Arrête de chougner, Pénélope ! » : arrête de pleurer, Pénélope !
Lyon

SUDOKU

MOYEN

	8							9
9						6	2	7
	4		6		1			
2			1			9		
6			9		7			5
		4			2			3
			2		6		7	
4	2	7						6
8							5	

Solution page 615

Le saviez-vous ?

Notre jugement sur les autres peut être influencé par la température d'une tasse de café !

D'après une étude, les gens perçoivent les autres comme plus chaleureux s'ils viennent d'avoir quelque chose de chaud entre les mains ! L'expérience consistait à demander à des étudiants leur avis sur une personne, après leur avoir mis dans les mains une tasse de café chaud ou de café glacé. Ceux qui avaient tenu la tasse de café chaud ont jugé la personne plus généreuse et bienveillante que ceux qui avaient tenu la tasse de café glacé. Une deuxième expérience consistait à faire croire aux étudiants qu'ils devaient tester des compresses chaudes ou froides. Ils recevaient ensuite une récompense, qui était soit un bon d'achat pour un ami, soit un petit cadeau pour eux-mêmes. Ceux qui avaient tenu la compresse chaude ont choisi à 54 % le bon d'achat, contre 25 % pour la compresse froide.

QUI EST L'INTRUS ?

DENGUE

HERPÈS SIMPLEX

BK

SALMONELLE

COVID

HENDRA

HÉPATITE A

RHUME

GRIPPE

H1N1

ZICA

EBOLA

Solution : La salmonelle est la seule bactérie, tous les autres sont des virus.

Le saviez-vous ?

Pourquoi le JT débute-t-il à 20 heures ?

Le journal télévisé de 20 heures n'a pas toujours été à cette heure-ci ! Le premier a été diffusé le 29 juin 1949 à... 21 heures ! À cette époque, moins de 1 % des foyers ont un téléviseur... Difficile à imaginer aujourd'hui ! Les téléspectateurs, se plaignant de ne pas avoir le temps d'aller aux toilettes ou de coucher leurs enfants avant le film qui suit, il a été décidé d'avancer le JT à 20 heures. Un horaire donc plus pratique et qui deviendra un véritable rendez-vous pour de nombreux Français, que ce soit sur la Une, la Deux, M6 avec son *6 minutes* à 19h54, FR3 avec son *19/20* qui s'arrête, lui, à 19h55 ! Aujourd'hui, seulement 47 % d'entre eux, toutes tranches d'âges confondus, préfèrent s'informer via les JT télévisés traditionnels. Les jeunes s'informent en priorité de plus en plus sur Internet et les réseaux sociaux.

« Maman, maman !
Dis-moi vraiment.
Est-ce que j'ai été
adopté ?
– Pas encore, mon
amour. On n'a mis
l'annonce qu'hier. »

« Tu es un peu comme une étoile filante pour moi…
– Je brille dans ton cœur ?
– Non. Quand tu disparais, mon vœu se réalise. »

EINTRE VISIONNAIRE

Comment réussir un selfie ?

42 % des praticiens en chirurgie esthétique ont déjà reçu des patients qui n’étaient pas satisfaits de leur image sur leurs selfies. La raison : si l’on place un smartphone à **30 cm** du nez, il parait **30 %** plus gros ! Il faut donc éloigner un peu plus son portable de son nez... Tout simplement !

QUIZ

Quel est le pays le plus peuplé d'Afrique ?

a. Égypte
b. Nigeria
c. Afrique du Sud
d. République démocratique du Congo
e. Kenya

Solution : b. Nigeria. En 2021, avec ses 211 millions d'habitants, il devance de loin l'Éthiopie (117 millions) et l'Égypte (104 millions).

Superstition nippone

En japonais, les mots désignant le chiffre 4 et le terme « mort » sont des homonymes. Quant au chiffre 9, il se prononce comme le mot « douleur ». C'est pour cette raison qu'il n'y a pas de place de parking 4, ou de chambre d'hôtel n° 4 ou n° 9. Il arrive qu'il n'y ait pas de 4e étage dans les hôpitaux.

Papy s'est fait faire une ordonnance de Viagra par son médecin. Mais comme il connaît tout le village et a honte, il demande à son petit-fils, Jérôme, d'aller le chercher pour lui :
« Mon petit Jérôme, si tu vas me chercher ce médicament, je mettrai 5 euros sous ton oreiller cette nuit. Mais ne dis surtout pas que c'est pour moi ! »
Le gosse fonce à l'unique pharmacie du village et ramène le Viagra.
Le lendemain matin, il regarde sous son oreiller et trouve 20 euros !
Comme il est honnête, il va voir son grand-père :
« Papy, tu t'es trompé ! Tu m'avais promis 5 euros et tu en as mis 20 !
– Non, mon petit Jérôme. Je ne me suis pas trompé. J'ai bien mis 5 euros. Les 15 autres, c'est Mamy ! »

Le saviez-vous ?

Comment bronzer plus vite ?

Voici quelques conseils pour bronzer plus vite :

- Préférer la plage à la piscine. Le sel contenu dans l'eau de mer reflète davantage la lumière du soleil. Attention, cependant, à être bien hydraté(e) en buvant beaucoup d'eau et en appliquant régulièrement de la crème hydratante.
- Manger des carottes, des abricots, du melon ou encore des poivrons en grande quantité peut aider à booster la mélanine.
- Les huiles de bronzage végétales comme l'huile d'olive ou l'huile de coco offrent un bronzage rapide et durable.
- On ne se bronze pas entre 10 heures et 16 heures, car le soleil est au plus fort et on aura plus tendance à rougir qu'à bronzer ! Bien penser à appliquer une protection solaire à haut indice de protection anti UVA et UVB.
- Les autobronzants sous forme de crèmes ou de mousses permettent également un bronzage sans soleil.
- Enfin, les séances de bronzage en cabine à UV peuvent aider à obtenir un bronzage très rapide mais il a été prouvé que le rayonnement UV artificiel pouvait augmenter le risque de développer un cancer de la peau.

Les surnoms péjoratifs donnés aux Allemands

Les Français ont pendant longtemps donné des surnoms racistes aux Allemands : « boche », « chleuh », « fritz », « frisé », « prussien », « teuton », etc.
Voici l'origine de ces surnoms :

- « Boche » est un terme d'argot du XIXe siècle qui était utilisé pour signifier « tête de boche » (synonyme de « tête de bois » ou de « tête dure »).
- Les « Chleuhs » sont un peuple berbère du Sud-Ouest marocain. Ce mot, introduit en France vers 1933 par des soldats ayant combattu au Maroc, désignait les frontaliers qui parlaient une autre langue que le français (Comtois et Alsaciens), puis les Allemands.
- « Fritz » était un prénom courant en Allemagne à la fin du XIXe siècle. « Frisé » est une altération de « Fritz ».
- Pendant la guerre franco-allemande de 1870-1871 (perdue par la France), les « Prussiens » étaient les soldats des royaumes allemands unis derrière le royaume de Prusse.
- Les « Teutons » étaient un peuple de l'ancienne Germanie du Nord au IIe siècle av. J.-C.

Mon thé était trop fort pour Chirac

MON TRAC ÉTAIT TROP FORT POUR CHIER

L'appli du DJ !

À court d'idées pour occuper vos enfants à la maison ? Martin Solveig, le célèbre DJ et papa de deux filles de 5 ans, a lancé entre deux confinements une appli d'histoires lues pour enfants. Fan des musiques « Jealousy », « All Stars » ou « Intoxicated », faites découvrir à vos progénitures « Tipo dépote » ou « Al Chapone ». Ces tubes enfantins font partis de l'application Alma Studio. Elle est payante et permet d'écouter des histoires avec ses enfants âgés de 3 à 10 ans. Elle compte au total 80 histoires, et 14 albums avec plusieurs épisodes de 6 à 12 minutes. Ce sont, pour la plupart, des récits qui tournent autour de l'écologie mais pas seulement ! On peut retrouver « Hercule et les dieux de l'Olympe » ou « Nougat, chien des villes », qui sont un peu plus pédagogiques. Lorsque l'histoire commence, l'écran devient noir, ce qui évite de faire appel au sens visuel de l'enfant ! Le petit plus de l'appli : de grands comédiens y ont prêté leurs voix, tels que Doria Tillier, François Rollin, Clovis Cornillac, Virginie Efira, José Garcia, Gad Elmaleh, Gérard Jugnot, Éric Judor, Élie Semoun, Marie-Anne Chazel…

JEUX

MOTS CROISÉS

HORIZONTALEMENT

1. Nombre d'entités dans une mole de matière
2. Abordais
3. Commune française des Pyrénées-Atlantiques - Argent
4. Chrome - Ancien roi du Bénin
5. Détestâmes
6. Déduisis
7. Pronom adverbial - Note d'information technique
8. Sélénium - Technétium - Cale en V

VERTICALEMENT

I. Déformées
II. Fibre de verre
III. Possèdent - Arbre à fruits rouges
IV. Joyeusement
V. Ville du sud-est de la France - Prénom masculin
VI. Darmstadtium - Bravât
VII. Groupe sanguin
VIII. Commune française des Hautes-Pyrénées - Pronom réfléchi

JEUX

	I	II	III	IV	V	VI	VII	VIII
1								
2							■	
3						■		
4			■		■			
5							■	
6								■
7			■				■	
8			■			■		

Solution page 617

« Mon fils a 24 mois.
– Non ! Ton fils
a 2 ans, car sinon,
ce serait une meule
de fromage ! »

Charade

Mon **premier** est une
LETTRE VICTORIEUSE,

Mon **second** est la
ZONE INDUSTRIELLE,

Mon **troisième** se retrouve en
FOND DE BOUTEILLE,

Mon **quatrième** est un
ARTICLE DÉFINI,

Mon **cinquième** est le danseur **ELLIOT**,

Mon **sixième** est **VITAL**.

Mon **tout** aide à **DIGÉRER**.

Solution : V-ZI-cul-le-Billy-air (Vésicule biliaire).

Humour

Un touriste allemand, Günter, s'est payé une balade de quelques heures avec un chameau dans le désert marocain.
Mais, une heure après le départ, sa monture s'est enfuie avec l'eau et la nourriture et il fait extrêmement chaud.
Au bout d'un long moment, il aperçoit un marchand. Il s'approche de lui et lui dit :
« De l'eau, s'il vous plaît… de l'eau… »
Le marchand lui répond :
« Désolé monsieur, je n'ai pas d'eau… Je ne vends que des cravates. »
Complètement perdu, Günter reprend sa route. Il est bien fatigué maintenant.
Quelques heures plus tard, il voit au loin un autre marchand.
Il s'approche de lui, quasiment à genoux :
« Monsieur… Je vous en prie… de l'eau, s'il vous plaît…

– Ah non, désolé. Moi, je ne vends que des cravates ! »
Désespéré, Günter rampe, assoiffé. Une heure plus tard, il tombe sur un troisième marchand :
« De l'eau… de l'eau…
– Désolé monsieur. Je ne vends que des cravates, moi. Mais, un peu plus loin, dans cette direction, il y a un bar. »
Günter reprend espoir !
« Merci, merci beaucoup ! »
Il se dirige vers ce bar inespéré.
Il l'aperçoit, rentre en courant et s'effondre sur le comptoir en disant, d'une voix faible :
« De l'eau, s'il vous plaît… de l'eau… »
Le serveur, se rapprochant de lui, lui glisse :
« Ah… Désolé, monsieur, mais ici, on ne sert pas les gens sans cravate ! »

100 nuances de miaulements

Les chats ont plus de **100 cordes vocales**, soit **10 fois** plus que les chiens. En variant les tons, elles leur permettent d'exprimer plus d'**une centaine de vocalisations** différentes, pour des demandes qui nous sont destinées à nous, les humains.

PEINTRE VISIONNAIRE

Humour Anglo-Saxon !

« Les danseuses de l'Opéra sont toujours sur la pointe des pieds. Pourquoi ne choisit-on pas des danseuses plus grandes ? »
Steven Wright

« Si vous vous trouvez dans une situation où vous avez le choix entre sauver un enfant en train de se noyer ou prendre une photo qui vous fera gagner le prix Pulitzer, quel zoom allez-vous choisir ? »
Paul Harvey

« Les danseurs portent des vêtements tellement serrés qu'on peut deviner leur religion. »
Robin Williams

« Donnez toujours à vos enfants un nom qui se termine par une voyelle. Comme ça, quand vous les engueulez, ça résonne plus longtemps. »
Bill Cosby

Humour

« Les gens qui montrent leur poignet pour
demander l'heure m'énervent au plus haut point.
Comme si je ne savais pas où était ma montre !
Est-ce que je montre mon entrejambe
pour savoir où sont les toilettes ? »

Denis Leary

« Je me suis mis à la peinture abstraite, même
très abstraite. Pas de pinceau, pas de peinture,
pas de toile. Je me contente d'y penser. »

Steven Wright

« Je viens juste d'apprendre qu'il était malade.
Espérons que ce ne soit rien de bénin. »

Irvin S. Cobb

« Les cygnes chantent avant de mourir.
Certaines personnes seraient plus inspirées
de mourir avant de chanter. »

Samuel Taylor Coleridge

« Mon animal préféré, c'est le steak. »

Fran Lebowitz

Humour

« Je n'ai rien contre les jésuites, mais
je n'aimerais pas que ma fille en épouse un. »
Patrick Murray

« Si l'univers est en pleine expansion, pourquoi
je n'arrive pas à trouver une place de parking ? »
Woody Allen

« Il y a trois sortes de mensonges : les mensonges,
les gros mensonges et les statistiques. »
Mark Twain

« Je n'oublie jamais un visage,
mais pour vous, je ferai une exception. »
Groucho Marx

« Pandora et moi, nous nous aimons, c'est officiel !
Elle l'a dit à Claire qui l'a dit à Nigel qui me l'a dit. »
Adrian Mole

« Mes parents ne se sont disputés qu'une fois en quarante-cinq ans. Ça a duré quarante-trois ans. »
Cathy Ladman

« Le pire, c'est de se marier par amour et de découvrir que son mari n'a pas d'argent. »
Zsa Zsa Gábor

« Le mariage n'offre aucune garantie. Si vous en voulez une, épousez plutôt une batterie de voiture. »
Erma Bombeck

« Un optimiste, c'est quelqu'un qui croit que la mouche cherche à sortir de la pièce. »
George Jean Nathan

MOTS MÊLÉS

Villes américaines

Saurez-vous retrouver chacun des mots cachés dans ce tableau ?

Les mots peuvent être écrits horizontalement, verticalement, en diagonale ou à l'envers.

Mots à trouver :

1) ATLANTA
2) AUSTIN
3) BALTIMORE
4) BOSTON
5) CHICAGO
6) COLUMBUS
7) DALLAS
8) DENVER
9) DETROIT
10) HOUSTON
11) LAS VEGAS
12) LOS ANGELES
13) MESA
14) MIAMI
15) MINNEAPOLIS
16) NEW YORK
17) OMAHA
18) PHILADELPHIE
19) SACRAMENTO
20) SAN FRANCISCO
21) SEATTLE
22) TUCSON
23) WASHINGTON

JEUX

A	Q	N	M	L	N	U	H	U	E	K	S	E	O	E	G	V	H	D	K
L	H	J	U	G	A	Z	A	O	C	A	U	N	N	E	W	Y	O	R	K
H	P	A	Q	O	N	S	U	D	N	G	A	V	R	F	A	H	U	L	T
N	V	W	M	W	P	E	V	F	Ç	E	V	U	G	N	I	T	S	U	A
S	E	D	M	O	N	Q	R	E	P	J	Ç	O	B	B	O	S	T	O	N
G	U	E	L	T	T	A	E	S	G	Ç	V	A	D	E	T	R	O	I	T
V	A	B	P	Q	N	A	R	B	Ç	A	L	J	E	A	T	T	M	Y	I
A	H	Z	M	C	N	O	S	C	U	T	S	Z	T	Q	T	L	I	S	U
G	A	U	I	U	P	R	I	P	I	S	P	C	H	G	J	A	A	G	S
D	T	S	A	Z	L	L	V	M	R	E	V	N	E	D	E	V	M	O	I
V	C	Z	D	H	T	O	O	P	Q	W	D	E	I	W	Ç	T	I	G	L
O	Y	Ç	I	F	X	R	C	S	A	C	R	A	M	E	N	T	O	A	O
Q	V	S	I	V	E	O	Z	Y	Y	L	Y	Z	C	G	T	E	Z	C	P
D	V	Y	Ç	H	D	S	L	O	S	A	N	G	E	L	E	S	M	I	A
A	N	O	T	G	N	I	H	S	A	W	P	I	X	Q	N	C	E	H	E
L	M	L	A	P	M	Q	M	H	Y	A	O	Y	W	Q	S	G	S	C	N
L	T	V	A	T	L	A	N	T	A	Z	K	H	A	J	I	L	A	Ç	N
A	J	H	O	U	S	T	O	N	D	K	R	Z	N	A	D	C	C	D	I
S	W	Ç	R	A	S	Q	O	X	S	G	I	Q	H	A	I	R	X	H	M
T	K	K	A	F	Ç	E	I	H	P	L	E	D	A	L	I	H	P	K	C

Solution page 610

Le saviez-vous ?

En 2013, « Sweet Dreams (Are Made of This) », de Eurythmics, arrive en tête d'un sondage lancé par Spotify déterminant les chansons les plus mal comprises. Ainsi, nombre d'auditeurs pensent qu'Annie Lennox chante : « Sweet dreams are made of cheese » (fromage).

SI LA FEMME A TOUJOURS RAISON ET L'HOMME TOUJOURS TORT, QUAND L'HOMME DIT À LA FEMME QU'ELLE A RAISON, IL A TORT OU IL A RAISON ?

POURQUOI, DANS LES SÉRIES AMÉRICAINES, LES LYCÉENS ONT TOUJOURS LES CASIERS DU HAUT ?

POURQUOI DIT-ON « TU AS MANGÉ DU LION CE MATIN », ALORS QUE LE LION EST UN BRANLEUR QUI DORT TOUTE LA JOURNÉE ?

« Moi, ça ne me gêne pas que mon fils joue à la poupée. Du moment qu'il la regonfle bien avant de me la rendre. »

Comment participer à notre petite échelle à préserver l'environnement ?

Voici quelques conseils listés pour jeter moins d'emballages et privilégier le recyclable :

- Bannir l'eau en bouteille pour privilégier l'eau du robinet ;
- Adopter le chariot ou le cabas au lieu du sac en plastique jetable ;
- Opter pour des boîtes en carton à la place de poches en plastique, pour les pâtes, le riz, les légumineuses, le sucre, etc. ;
- Acheter du café moulu ;
- Choisir des formats familiaux plutôt qu'individuels ;
- Adopter des produits en vrac ou à la coupe et écarter les préemballés ;
- Préférer le lait vendu en brique ou en bouteille en plastique mat ;
- Acheter des produits avec des emballages faits d'un seul matériau et non ceux qui en assemblent plusieurs ;
- Éviter de se faire livrer ses courses, car les petits éléments de calage en polystyrène expansé ne se recyclent pas.

Lui, dans le salon :
« CONNARD !!! NON !!!
N'entre pas dans l'église !!!
NON !!! N'ENTRE PAS !!! »
Sa femme lui crie
depuis la cuisine :
« Mais chéri ?! Tu regardes
quel film, là ?
– LA VIDÉO DE NOTRE
MARIAGE ! »

SUDOKU

DIFFICILE

						8		6
	4						5	
2				4	7	9		
7					4	6		5
	2		7		3		1	
4		6	9					3
		9	2	7				4
	8						2	
1		2						

Solution page 615

Les brèves incroyablement vraies du WC BOOK

- La plupart des poissons ne dorment jamais. Le poisson-perroquet met un « pyjama » en sécrétant une douillette enveloppe de mucus.
- Le mulet est issu du croisement entre un âne et une jument. Alors que le bardot (ou bardeau) est issu de l'accouplement d'une ânesse et d'un cheval.
- Si vous laissez un poisson rouge dans le noir, il finira par devenir tout blanc.
- La Terre n'est pas ronde mais « patatoïdale » (irrégulière comme une pomme de terre) !
- Le premier fabricant mondial de pneus est Lego (même s'ils sont minuscules).

Des dépenses qui pèsent lourd sur le porte-monnaie...

Voici ce que l'on dépense en moyenne par an, rien qu'en abonnements divers !

- **429** € par an : l'abonnement internet ;
- **250** € par an : les services bancaires ;
- **338** € par an : les forfaits mobiles ;
- **133** € par an : la redevance télé ;
- **240** € par an : les transports (location de voiture, transports en commun) ;
- **342** € par an : les autres abonnements (sport, culture, télésurveillance, logiciels, service de streaming...).

Soit un total moyen annuel de **1 732** € !

Les phrases mnémotechniques

Les moyens mnémotechniques permettent de se souvenir de certaines choses plus facilement en apprenant une phrase.

En voici quelques exemples :

- La contenance des bouteilles de champagne : *« Debout Mag : gérez ma salle pour le bal des nazes ! »*
  Demi-bouteille (0,375 litre) ;
  Bouteille (0,75 litre) ;
  Magnum (1,5 litre ou 2 bouteilles) ;
  Jéroboam (3 litres ou 4 bouteilles) ;
  Réhoboam (4,5 litres ou 6 bouteilles) ;
  Mathusalem (6 litres ou 8 bouteilles) ;
  Salmanazar (9 litres ou 12 bouteilles) ;
  Balthasar (12 litres ou 16 bouteilles) ;
  Nabuchodonosor (15 litres ou 20 bouteilles) ;
  Salomon (18 litres ou 24 bouteilles).

Le saviez-vous ?

- L'ordre des planètes dans le système solaire (Mercure, Vénus, Terre, Mars, Jupiter, Saturne, Uranus, Neptune) :
« **M**ais **V**ous **T**ombez **M**al, **J**'ai **S**acrifié **U**ne **N**aine. »

- La localisation de la Norvège, de la Suède et de la Finlande, d'ouest en est :
Nous **S**ommes **F**rançais, **N**ous **S**ommes **F**rigorifiés. »

- La dureté des minéraux du plus tendre au plus dur (Talc, Gypse, Calcite, Fluorine, Apatite, Orthose, Quartz, Topaze, Corindon, Diamant) :
« **T**a **G**rosse **C**oncierge **F**ollement **A**moureuse **O**se **Q**uémander **T**es **C**aresses **D**ivines. »

- La vitesse de la lumière (299 792 458 mètres par seconde), en remplaçant chaque mot de la phrase par le nombre de lettres qui le composent.
« Ah, messagère admirable, lumière éclatante, je sais votre célérité »

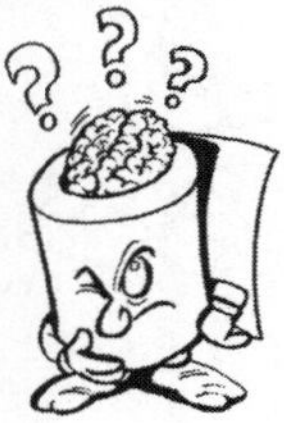

QUIZ

Qui a peint *L'Origine du monde* ?

a. Gustave Courbet
b. Édouard Manet
c. Jean-François Millet
d. Eugène Delacroix
e. Camille Pissarro

Solution : a. Gustave Courbet (1819-1877), qui la réalise en 1866. L'œuvre, représentant une vulve et ayant provoqué un scandale à l'époque, est exposée au musée d'Orsay depuis 1995.

DE PLUS EN PLUS D'AGRESSIVITÉ AU VOLANT

A-t-on le droit de dormir dans sa voiture ?

Officiellement, dormir dans sa voiture est autorisé. Mais attention : si l'automobiliste endormi est ivre, il risque un PV ! C'est l'emplacement de la voiture qui peut poser problème, s'il est garé en pleine campagne, au milieu de nulle part, il sera difficile de prouver que celui-ci est arrivé sobre et a ensuite bu dans sa voiture… Verdict : gare à votre emplacement !

« J'ai la main verte.
- T'es jardinier ?
– Non, je n'ai pas de mouchoirs. »

Peut-on mourir d'indigestion ?

Techniquement, on ne peut pas mourir après avoir ingéré une trop grande quantité de nourriture. Le volume de notre estomac est d'un demi-litre et il peut contenir jusqu'à 4 litres d'aliments, voire plus ! Lorsqu'il est trop dilaté, il nous fait vomir et c'est dans le cas de vomissements successifs que le risque peut être mortel. Mais cela ne veut pas dire que vomir est mortellement dangereux !

SI FUMER DE LA MARIJUANA PROVOQUE UNE PERTE DE MÉMOIRE À COURT TERME, QUE PROVOQUE LE FAIT DE FUMER DE LA MARIJUANA ?

UN ENFANT NÉ PAR CÉSARIENNE, ON PEUT LUI DIRE QUAND MÊME : BIENVENUE PAR MINOU ?

SI JE NE BOIS QUE DES GRANDS VINS, ON PEUT EN DÉDUIRE QUE JE SUIS BOURRÉ DE QUALITÉS ?

Le bénéfice de la sieste

Des recherches menées par la NASA démontrent que la sieste de l'après-midi améliore la prise de décision de **50 %** et la productivité de **35 %**.

Pourquoi appelle-t-on le futur héritier d'un personnage important le « dauphin » ?

Au Moyen Âge, « dauphin » était un second prénom porté par plusieurs comtes d'Albon-Viennois. Ces derniers prirent pour surnom « dauphins de Viennois », et leur terre fut appelée le « Dauphiné ». Le Dauphiné était une province française qui s'étendait sur une partie des Alpes, et qui correspond aujourd'hui aux départements de l'Isère, de la Drôme et des Hautes-Alpes. En 1349, le dernier dauphin indépendant, ruiné et sans héritier, vend sa province au roi de France Philippe VI, à la condition que l'héritier du trône royal (le fils aîné) porte le titre de « dauphin ». Pour avoir ce titre, il fallait non seulement être l'héritier du trône, mais aussi descendre du roi régnant. Par extension, on désigne, en général, comme dauphin quelqu'un destiné à succéder à une personne importante (chef, champion sportif, etc.).

Le cuisinier
a un canard
sur le feu

LE CUISINIER
A UN CAFARD
SUR LE NŒUD

Si les Bee Gees étaient bi, on aurait pu mettre sur leur tombe :
« Ici, les Bee Gees bi gisent. »

Quelle est l'origine du mot « salaire » ?

Il vient du mot latin *salarium,* dérivé de sal qui veut dire « sel » en français. Au Ier siècle, les soldats romains étaient payés en ration de sel ! C'était, à l'époque, une denrée rare et précieuse qui servait à conserver les aliments. C'est plus tard que ce mot sert à désigner l'argent donné… pour acheter ce sel, évidemment !

UN CHAUVE PEUT-IL AVOIR UN CHEVEU SUR LA LANGUE ?

SI UN BORGNE « CONSOMME À L'ŒIL » DEVINT-IL AVEUGLE ?

POURQUOI FAIRE DES ÉCRANS CARRÉS ALORS QUE NOS YEUX SONT RONDS ?

J'ai un tolstoy. C'est comme un sextoy. Mais en guère épais.

Pourquoi les lettres sont-elles classées dans l'ordre A, B, C, etc. ?

Le français est écrit principalement avec l'alphabet latin. Celui-ci est dérivé de l'alphabet grec, lui-même issu du phénicien (XIe siècle av. J.-C.).

L'alphabet phénicien suivait probablement un classement basé sur le sens des lettres, dans un ordre qui facilitait l'apprentissage : le A (premier son du mot *aleph* qui veut dire « bœuf ») était suivi du B (premier son du mot *beth* qui signifie « maison »), car les bœufs étaient autour de la maison. De même, *yodh* (« bras ») était suivi de *kaph* (« paume ») et de *lamed* (« bâton »). L'alphabet phénicien est ensuite repris par les Grecs qui l'adapteront et ajouteront les voyelles. Le mot « alphabet » vient ainsi des lettres *aleph* et *beth*, qui deviendront, par la suite, *alpha* et *beta* en grec.

EN PARTANT DU PRINCIPE QUE, DANS LES CONTES, LES PRINCESSES ÉPOUSENT LES PREUX CHEVALIERS, PEUT-ON DIRE QU'ELLES DONNENT LEURS CHATTES AUX FORTS ?

POUR LES VAMPIRES QUI PERDENT UNE DENT, EST-CE LA PETITE CHAUVE-SOURIS QUI VIENT METTRE LA PIÈCE SOUS LEUR OREILLER LA NUIT ?

La créature la plus longue de la planète

Les siphonophores sont des colonies de petits animaux dans les profondeurs marines. Elles forment des chaînes composées de milliers d'individus, pouvant atteindre une quarantaine de mètres de long ! Le siphonophore pourrait être considéré comme un seul être, ce qui ferait de lui la créature la plus longue de la planète, au côté du *Lineus longissimus* (un ver marin dont la taille peut mesurer plus de 30 m de long).

Ça en fait du monde !

Parmi les **100 milliards** d'humains ayant vu le jour sur Terre, **93,5 milliards** sont déjà morts. Les autres, dont vous, sont toujours de ce monde (pour l'instant).

JEUX

QUI A LE PLUS DE POILS AU CUL ?

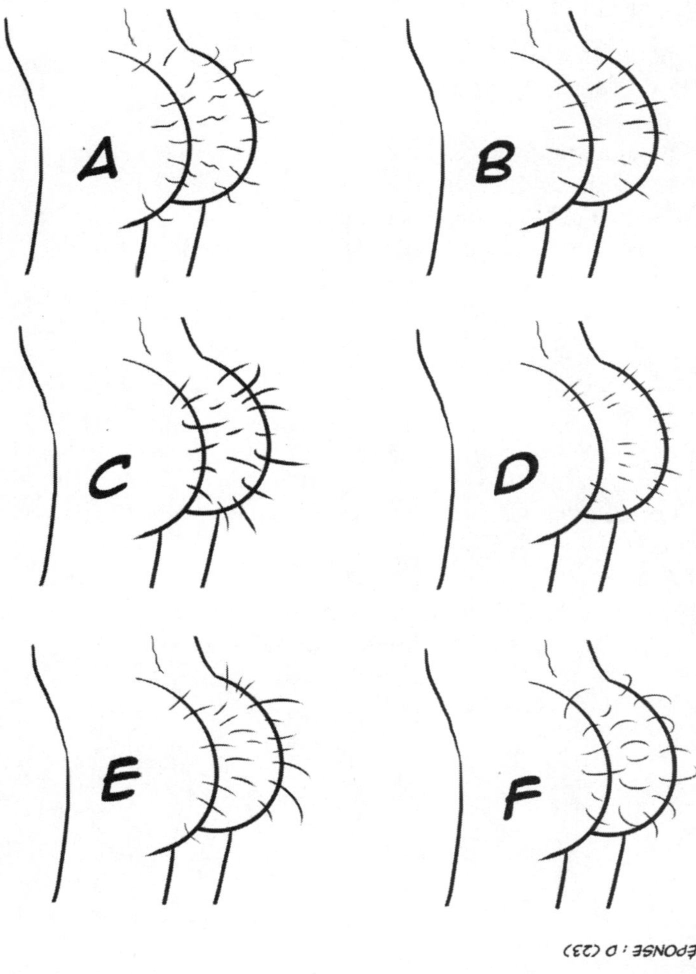

RÉPONSE : D (23)

JEUX

MOTS CROISÉS

HORIZONTALEMENT

1. Amérindiens
2. Dépôt dans un récipient
3. Forgerons
4. Réseau numérique - Espagne
5. Interjection de douleur - Période
6. Arbuste aux baies rouges et blanches
7. Conjonction de coordination - Cri du chevreuil
8. Commune française de l'Aveyron

VERTICALEMENT

I. Livres
II. Chrétien des Églises orientales
III. Chanson populaire
IV. Stylos à bille - Commune française des Pyrénées-Orientales
V. Risque
VI. Léguiez
VII. Principes de la philosophie chinoise au pluriel
VIII. Adjectif possessif - Récipient profond à anse

JEUX

	I	II	III	IV	V	VI	VII	VIII
1								
2		■	■		■			
3								
4					■			■
5				■			■	
6								
7			■				■	
8								

Solution page 617

Humour

On est en plein hiver.
Lili et Florian, jeune couple très amoureux, roulent en pleine campagne pour leur première balade romantique.
Ils sont soudainement victimes d'une crevaison. Il fait –15 °C avec un puissant vent glacial.
Florian n'a pas de gants mais dévisse les quatre écrous de la roue. Ses mains deviennent bleues tellement il fait froid. Il est obligé de rentrer dans la voiture pour se réchauffer.
Lili lui dit :
« Mets tes mains entre mes cuisses : ça les réchauffera très vite ! »
C'est très efficace puisque, cinq minutes plus tard, Florian est à nouveau dehors pour finir de changer la roue. Ayant terminé sa tâche, il rentre à nouveau dans la voiture pour se réchauffer les mains de la même manière.
Mais, 10 minutes plus tard, au moment où il s'apprête à repartir, Lili lui demande :
« Tu n'aurais pas froid aux oreilles par hasard ? »

Pourquoi les éléphants n'ont-ils pas de cancer ?

Les pachydermes, compte tenu de leur taille et de leur longévité (jusqu'à 80 ans), devraient avoir un risque important de cancer. Et pourtant, ce n'est pas le cas. En effet, selon des chercheurs américains, les éléphants seraient dotés de vingt copies du gène TP53, alors que l'homme n'en a que deux. Ce gène joue un rôle important dans la prolifération cellulaire à l'état normal. Il permet notamment de produire la protéine P53 qui contrôle la réponse des cellules aux dommages causés à l'ADN. Ainsi, plus l'organisme dispose de copies du gène TP53, plus il produit de protéines P53, plus grande serait donc la protection anticancéreuse. Reste à savoir comment ce mécanisme peut se transposer chez l'homme par de nouveaux traitements.

MOTS MÊLÉS

Voilier

Saurez-vous retrouver chacun des mots cachés dans ce tableau ?

Les mots peuvent être écrits horizontalement, verticalement, en diagonale ou à l'envers.

Mots à trouver :

1) AFFALER
2) BALANCINE
3) BASTAQUE
4) CAP
5) CORDE
6) DRISSE
7) EMPANNER
8) FOC
9) GUINDEAU
10) HISSER
11) JAUGE
12) LARGUE
13) LOFER
14) LOUVOYER
15) MAT
16) MILLE
17) PATARAS
18) PROUE
19) VOILE

JEUX

I	R	J	C	A	P	R	F	P	E	X	C	X	T	I	V	F	F	J	E
H	W	S	Z	B	W	H	D	S	W	X	H	Z	H	I	O	A	G	P	D
W	C	U	E	R	Y	E	B	S	L	K	F	E	M	N	I	Ç	C	H	C
J	Z	O	U	Q	V	U	L	H	E	L	L	I	M	E	L	K	Y	Y	P
L	I	J	Q	N	U	G	G	I	O	T	M	B	Y	B	E	C	O	F	S
K	L	S	A	X	K	R	E	N	N	A	P	M	E	Z	L	J	X	H	H
W	U	P	T	E	O	A	A	E	Y	C	R	I	A	M	E	G	Z	I	M
E	D	Q	S	E	G	L	C	D	C	F	Z	I	L	T	G	X	B	G	E
N	A	D	A	K	K	U	S	R	B	A	L	A	N	C	I	N	E	K	P
E	R	P	B	C	R	E	Y	O	V	U	O	L	U	G	T	W	E	J	S
A	D	S	H	P	B	K	C	C	R	Ç	Q	X	Q	P	E	U	B	O	A
P	P	Q	A	B	H	E	X	A	E	A	X	A	X	E	O	Z	Z	Y	R
N	L	G	B	T	Ç	V	S	S	S	C	V	F	I	R	Z	D	L	Ç	A
I	H	Ç	R	E	T	Ç	L	S	S	Ç	U	F	P	Ç	Z	I	O	M	T
G	Q	U	U	G	N	H	I	Q	I	J	B	A	V	Ç	H	M	F	D	A
T	B	Y	O	M	E	J	P	Z	H	R	V	L	N	U	A	E	E	O	P
D	H	Y	Y	Q	K	R	G	U	I	N	D	E	A	U	G	G	R	I	Y
P	N	I	B	O	U	K	O	W	X	O	H	R	A	F	D	U	N	C	R
U	I	D	B	M	L	R	Q	Ç	E	Y	M	V	Y	Q	S	A	H	U	X
J	D	K	U	Q	D	U	D	D	X	P	S	K	Y	T	O	J	J	M	F

Solution page 610

« Chérie, j'ai un problème…
– Ne dis pas "j'ai" mais "nous", mon amour. Nous sommes un couple, on partage tout.
– Ok. Alors "nous" avons mis la voisine enceinte ! »

Le jargon du déménagement

• La « gerbe » désigne tous les objets légers qu'on charge en hauteur dans le camion.

• La « nouille » est une espèce d'élastique.

• L'« araignée » est un assemblage de sangles qui délimite les lots à l'intérieur du camion.

• La « salade » désigne les plantes vertes, souvent chargées en dernier.

Carla chatouille sa gratte

CARLA GRATOUILLE SA CHATTE

Le saviez-vous ?

Dans le premier *Terminator* (1984), Arnold Schwarzenegger prononce en tout et pour tout 17 répliques, en moins de 100 mots au total. La plupart d'entre elles, telles « Je reviendrai », « Sarah Connor ? », « Belle soirée pour une balade » ou « Tes vêtements ! Tes vêtements, vite ! Vite ! », sont devenues cultes.

Humour

Devant sa banque, un trader gare sa Porsche Carrera flambant neuve.
Au moment où il commence à sortir de sa voiture, un camion arrive à toute allure, lui arrache la portière et s'enfuit illico !
Le trader se rue sur son portable et appelle la police.
Dix minutes plus tard, les flics sont là.
Avant même que les policiers ne lui posent la moindre question, le trader hurle :
« Ma superbe Porsche !!! Elle est foutue !!! Quoi que fassent les carrossiers, ce ne sera plus jamais la même !!! Elle est foutue, foutue !!! »
Lorsqu'il se calme au bout de 20 minutes, un policier hoche la tête avec dépit et lui dit :
« C'est absolument incroyable à quel point, vous autres banquiers, vous êtes matérialistes ! Vous êtes si concentrés sur vos biens que vous ne pensez à rien d'autre dans la vie ! »
Le trader, sanglotant :
« Mais comment pouvez-vous dire une telle chose à un moment pareil ?
– Vous n'avez même pas réalisé que votre avant-bras gauche a été arraché quand le camion vous a heurté ! »
Le trader regarde son bras avec horreur et hurle :
« Putain ! Ma Rolex !!! »

Pourquoi les Vikings combattaient-ils avec des haches ?

Les guerriers nordiques utilisaient des haches pour combattre tout simplement parce qu'elles étaient moins chères que les épées ! Ceux qui en possédaient étaient souvent les chefs. La hache a d'ailleurs l'avantage d'être plus solide que l'épée. Sauf, peut-être, l'épée Ulfberht qui était composée d'un acier provenant d'Inde. Les forgerons travaillaient le lingot d'acier de telle sorte que la lame devenait extrêmement solide. Ce n'est que 800 ans plus tard que les métallurgistes réussirent enfin à fabriquer un acier aussi résistant.

« Veux-tu devenir le parrain de mon fils ?

– J'hésite… C'est une sacrée tâche…

– Tu vas gérer.

– Non, je parle de ton fils. C'est une sacrée tache. »

Le saviez-vous ?

Les 20 pays ayant la meilleure qualité de fabrication

Voici une liste des pays les plus respectés en matière de *made in*, la production de biens :

1. Allemagne
2. Suisse
3. L'Union européenne, bien qu'elle ne soit pas un pays
4. Royaume-Uni
5. Suède
6. Canada
7. Italie
8. Japon
9. France
10. États-Unis
11. Finlande
12. Norvège
13. Pays-Bas
14. Australie
15. Nouvelle-Zélande
16. Danemark
17. Autriche
18. Belgique
19. Irlande
20. Espagne

JEUX

MOTS MÊLÉS

Voyage

Saurez-vous retrouver chacun des mots cachés dans ce tableau ?

Les mots peuvent être écrits horizontalement, verticalement, en diagonale ou à l'envers.

Mots à trouver :

1) AVENTURE
2) BALADE
3) CAMPAGNE
4) CIRCUIT
5) CULTURE
6) DECOUVERTES
7) DESTINATION
8) EVASION
9) EXPLORATION
10) ILE
11) INSOLITE
12) LIBERTE
13) MER
14) MONDE
15) MONTAGNE
16) NEIGE
17) NOCES
18) PLAGE
19) PLONGEE
20) SOLEIL

W	K	S	U	L	W	X	X	M	D	D	C	M	O	S	W	C	K	E	D
K	K	Z	X	X	V	H	Q	J	K	N	O	H	H	Z	P	I	F	T	E
F	Ç	A	R	D	E	L	K	K	P	N	S	D	Q	R	C	R	Ç	I	S
Q	Q	T	N	W	I	U	F	Q	D	H	Q	Z	X	P	A	C	O	L	Q
Ç	N	L	E	B	W	O	Z	E	E	O	N	G	E	M	M	U	M	O	H
G	O	L	E	X	M	L	I	T	S	Y	O	B	P	C	P	I	E	S	X
M	I	R	Ç	F	P	O	G	E	T	V	I	H	F	N	A	T	R	N	D
R	T	B	E	R	U	P	N	K	I	V	S	C	Ç	L	G	P	B	I	E
E	A	O	G	U	K	L	N	T	N	I	A	Ç	Q	C	N	V	P	U	R
R	R	Q	I	G	Q	A	X	A	A	A	V	D	X	Ç	E	P	S	O	U
X	O	I	E	Q	S	G	X	S	T	G	E	Q	N	K	L	N	C	T	T
K	L	H	N	X	O	E	M	Y	I	C	N	Q	I	O	H	Ç	L	K	N
E	P	O	M	F	L	M	A	G	O	R	F	E	N	Q	C	C	U	K	E
R	X	L	X	I	E	A	Z	U	N	J	P	G	J	N	J	E	Q	W	V
U	E	O	W	B	I	M	V	P	Y	E	E	F	A	N	R	K	S	Q	A
T	K	N	L	E	L	E	E	D	M	E	X	T	J	X	F	K	U	T	E
L	D	G	F	Z	R	Z	A	G	E	V	O	H	B	E	M	O	I	C	D
U	P	W	M	T	F	A	B	A	L	A	D	E	V	Ç	B	G	O	U	E
C	W	B	E	U	U	B	S	T	Ç	O	H	N	L	F	R	N	B	S	U
T	V	S	Y	D	O	S	X	D	W	G	O	X	Q	T	B	E	S	K	U

Solution page 611

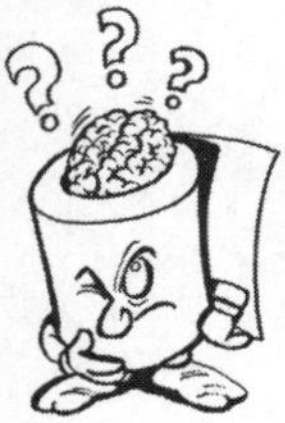

QUIZ

Comment s'appelle la flic dans la saison 1 de la célèbre série espagnole *La Casa de papel* ?

a. Maria
b. Carmen
c. Raquel
d. Paula
e. Rita

Solution : c. Raquel. [Attention *spoiler* !] Avant de devenir, par la suite, « Lisbonne », l'inspectrice de police Raquel Murillo (interprétée par Itziar Ituño) est chargée de résoudre l'affaire du braquage de la Fabrique nationale de la monnaie et du timbre.

Comment peut-on prendre plus de poids que la quantité de nourriture que l'on consomme réellement ?

On ne prend pas plus de poids que le poids de la nourriture qu'on ingère ! Vous utilisez une partie de l'énergie contenue dans cette nourriture pour l'assimiler et la digérer. Il est très difficile de calculer combien de poids prend le corps humain après l'ingestion d'**1 kg** de tel ou tel aliment. D'abord, tout dépend du métabolisme de l'individu et de la vitesse à laquelle celui-ci utilise les substances nutritives. Le métabolisme est une sorte de balance qui est affectée par plusieurs facteurs – tels le poids, la quantité d'énergie dépensée pendant l'exercice physique ou pour garder la chaleur du corps et l'âge. Ainsi, une personne peut bien ne pas prendre un gramme en mangeant 1 kg de chocolat alors que d'autres grossiront. De plus, le contenu énergétique des aliments dépendra de leur taux en glucides, protéines, lipides et eau. Une calorie correspond à une quantité d'énergie nécessaire, mesurée à **15 °C**, pour faire monter la température d'1 mm d'eau d'1 °C supplémentaire.

Voici deux aliments avec leurs contenus en grammes (glucides, protéines, lipides, eau) et le total de leurs kilocalories :

- Une tablette de chocolat au lait de **100 g** : en moyenne 7 g de protéines, 54 g de glucides, 34 g de lipides et 5 g d'eau = **550 Kcal** au total.
- Dans **100 g** de pommes : 0, 2 g de protéines, 15,4 g de glucides, 0,35 g de lipides et 84 g d'eau = **60 Kcal**.

Pour une activité « normale », un homme adulte a besoin d'environ **2 500 Kcal par jour**. S'il mange **1 kg** de chocolat, il engouffre **3 000 Kcal** de plus que ce dont a besoin son organisme. Il va donc le stocker soit sous forme de graisses, soit de glucides.

JEUX

MOTS CROISÉS

HORIZONTALEMENT

1. Bière traditionnelle à base de mil
2. Emboîter
3. Commune française du Nord
4. Aïe - Homme hindou d'une grande sainteté
5. Pièces d'une ancienne monnaie espagnole
6. Indium - Premier - Aluminium
7. Défi (ancien) - Existence
8. Sensations de dégoût

VERTICALEMENT

I. Celui qui habite le Tchad
II. Dessina
III. Jambon (en anglais) - Aperçu
IV. Déviais
V. Poliomyélites
VI. Astate - Césium - Cale en forme de V
VII. Largeur d'une étoffe - Planche de bois
VIII. Partie du corps humain

	I	II	III	IV	V	VI	VII	VIII
1								
2								
3						■	■	
4			■					
5							■	
6			■			■		
7					■			
8								■

Solution page 617

www.maviedefemme.com

et Marie Dewulf,

astrologue réputée,

vous présentent :

L'HOROSCOPE 2022

Horoscope

BÉLIER (21 mars – 20 avril)

Votre ciel de 2022

Un début d'année qui semble prometteur ! Bonnes énergies, une volonté d'agir, d'entreprendre et puis… badaboum ! Le ciel vous envoie des influx qui vous freinent, ce qui vous donne la désagréable impression de tourner en rond, d'être retenu(e) dans vos élans et qui provoquera de vindicatives sautes d'humeur. Cette sensation sera plus intense à partir du début août.

Méfiez-vous plus particulièrement de la période autour du 27 avril, période de pleine lune, elle sera au plus proche de la Terre et sera très irritante pour vous. Mais si vous parvenez à bien canaliser cette surchauffe énergétique, vous pourrez l'utiliser à des fins très utiles.

Votre ciel relationnel

Votre meilleur ami céleste, en promenade dans un signe ami, flirte à cœur ouvert avec la douce Venus. « Flirter » n'est pas le bon mot pour nombre d'entre vous, « rencontre amoureuse » serait plus approprié. Mars et avril sont une fenêtre grande ouverte sur votre vie sentimentale. Amicale, légère, coquine, amoureuse… il y a de la rencontre dans l'air pour les célibataires. Mais possible que d'autres soient troublé(e)s par les charmes discrets de Psyché !

Pour les couples rouillés par la routine, cette fenêtre vous permettra de réveiller vos amours et de les relancer pour un cycle, à vous d'en profiter ! Votre imagination concoctera des escapades et autres galipettes. Les trentenaires pensent à convoler, la période mars-avril est un bon moment pour lui demander sa main ou répondre à sa demande.

Climat différent pour les troisièmes décans en juin. Grosses contrariétés dans votre ciel et la java dans votre vie. Un rien vous irrite, votre humeur monte comme une soupe au lait ; bref, vous serez à prendre avec des pincettes. Ensuite, viendra un decrescendo dans votre humeur qui s'apaisera.

Horoscope

Votre ciel professionnel et financier

Le « Grand Bénéfique » vous visite cette année et vous guide dans vos entreprises. Il sera au top le premier semestre, il sera « paresseux » dans le second.

Si vous avez des projets ou des actions à mener, profitez de ces bons influx reçus. Dynamisme et esprit d'entreprise vous animent. Vous êtes infatigable, plein(e) de ressources, imaginatif(ve), créatif(ve). C'est une période propice aux réalisations, à faire des démarches d'études ou d'apprentissage, à acquérir des contacts professionnels et enrichir votre carnet d'adresses. La fin mai sera particulièrement indiquée pour signer un engagement.

Le deuxième semestre sera plus poussif, plus contraignant et contrariant, les générations des années 1980 et 1990 sont plus particulièrement sous ces influx. Les autres générations sentiront ces freins de façon plus atténuée. Vous aurez l'impression de pédaler dans la choucroute, d'avancer à contre-courant. Vos espoirs ou vœux contrariés, vous aurez aussi tendance à claquer la porte et prendre la poudre d'escampette, espérant de meilleurs augures. Peine perdue ! Si vous changez de barque, vous ramerez toujours autant !

Vous aurez compris qu'il faut éviter les transactions et autres procédures financières pendant ce deuxième semestre. Des freins, des retards, des contrariétés administratives émaillent cette période.

Votre ciel bonne forme

Une année en deux temps. Une période dynamique et une période apathique. Dommage qu'on ne puisse pas engranger le surplus d'énergie pour la période flegmatique ! Une période plaisante, joyeuse, espiègle ; vous êtes en très bonne forme et d'un dynamisme communicatif. Vous pourrez surfer sur cette énergie jusqu'en août ; ensuite, s'amorce un decrescendo jusqu'en novembre, puis une remontée pour finir l'année en bonne forme.

Dans cette période de decrescendo, votre humeur sera du style « soupe au lait ». L'expression « la tête près du bonnet » qualifie bien vos changements d'états d'âme. Quand vous sentez votre cocotte-minute intérieure qui commence à bouillir, si vous êtes au travail, isolez-vous et lancez les poings comme si vous boxiez un sac de sable imaginaire. Vous pouvez aussi « piquer un sprint » sur place. Ces deux exercices ont pour avantage de dégager le trop-plein de rage sans égratigner les sensibilités environnantes. Si vous en avez l'occasion, faites un jogging énergique pour vous vider. Ensuite, un bain aux huiles essentielles de lavande. La cerise sur le gâteau serait un massage détente. Dans 100 ml d'huile de coton, ajouter 15 gouttes d'huiles essentielles de géranium et de lavande puis 10 gouttes d'huiles essentielles de niaouli et d'ylang-ylang.

Horoscope

TAUREAU (21 avril – 20 mai)

Votre ciel de 2022

Vous aimeriez continuer à paître tranquillement dans les verts pâturages, mais la mouche du coche planétaire vous pique et met de la fougue dans votre moteur. Ce sont plus particulièrement les deuxièmes décans qui sont touchés, les effets sur les autres décans sont plus atténués.

Vous ressentirez un impérieux besoin de foncer et, souvent, la tête basse, de renverser des barrières, de mettre les pieds dans le plat, et, avec vous, ça peut faire mal ! Plutôt que de ruminer, d'enfourcher votre petit vélo et tourner en rond dans votre tête, demandez une complicité pour réfléchir, il y a vraiment autour de vous des amis qui vous veulent du bien.

Votre ciel relationnel

Ohlala ! Vous voilà bien émoustillé(e) petit(e) Taureau ! Vous hébergez un pensionnaire qui vous met les idées sens dessus dessous. Il réveille chez vous des envies que vous aviez tout simplement rangées dans vos placards intérieurs. Et avec la présence de cet hôte, vous retrouvez la clé, et du coup, vous faites l'amour buissonnier.

C'est dire si vous allez apporter des couleurs, des sensations, des émotions dans votre vie… Vous découvrez un besoin de vibrer, d'enivrer vos sens, d'avoir des frissons, qu'on vous embarque sur les ailes du désir ! Les mois d'août et de septembre sont plus particulièrement propices aux choses de l'amour.

Notez dans votre agenda deux zones de turbulences : juillet et fin d'année. Pour certains natif(ve)s, ce ne seront que tapages sans conséquence mais, pour d'autres, une vraie cacophonie où il est difficile de s'entendre. Prises de tête, divergences, mésententes sont au programme et peuvent vous conduire vers une remise en question de votre relation. Et pour certain(e)s, un trouble vous tombe dessus sans coup férir et vous voilà dans tous vos états ! Votre question sera : « Que faire ? »

Votre ciel professionnel et financier

Ici, vous retroussez les manches et donnez un grand coup de pied dans la fourmilière de vos habitudes. Avec votre hôte, vous êtes particulièrement trépidant(e). Vous qui êtes généralement si calme et pondéré(e), qui passez sans bruit et sans vagues, voilà tout à coup que vous vous faites entendre et n'hésitez pas à dépoussiérer vos étagères. Vindicatif(ve) ? Non, pas vraiment. Il s'agit juste de remettre les choses à leur place, et si c'est pour changer de place sur l'échiquier professionnel, vous y mettrez toute votre énergie, quitte à froisser quelques sensibilités.

Les premiers décans, moins boosté(e)s, savent encore y mettre les formes, arrondir les angles. Les deuxièmes décans sont comme des taureaux dans l'arène, ils foncent tête baissée et renversent les obstacles, une vraie tornade. Attention aux maladresses et aux paroles disgracieuses. Vous pouvez canaliser cette énergie en triant et rangeant vos placards, en changeant l'ordonnancement de votre espace de travail. Les troisièmes décans allient cette énergie trépidante avec des influx de renouveau et les voilà à faire des plans de réorientation de carrière.

Bien que vous soyez sous des vents décoiffants, curieusement, la prudence vous guide dans ce domaine.

Votre ciel bonne forme

La mouche du coche planétaire qui vous pique cette année provoque des démangeaisons. Ça vous chatouille ou ça vous gratouille ? Un dilemme qui vous porte sur les nerfs, et, certains jours, c'est peu dire (attention à la pleine lune du 16 mai). Vous voilà, soufflant de tous vos naseaux, à piétiner, trépigner dans le meilleur des cas, à foncer et renverser dans le pire des scénarios.

Cette exaspération aura des répercussions sur votre façon de vous nourrir. Entre frénésie et asthénie alimentaire, votre appétit balance. Sachez que le trop nuit autant que le peu. Dans l'un ou l'autre cas, il y a des risques de soucis avec votre estomac, des aigreurs, des nœuds… Et ce n'est pas les médicaments qui en viendront à bout !

Comme les sportifs avant une rude compétition, faites une bonne préparation. Disciplinez-vous, soyez mesuré(e) et pondéré(e) dans ce que vous mangez. La table doit être un lieu de plaisir et non une corvée, mitonnez-vous des petites choses qui combleront vos papilles de félicité. Vous observerez que vos « démangeaisons » s'apaiseront.

Faites des exercices au grand air ou devant votre fenêtre ouverte, imposez-vous un rythme comme un métronome, cela vous aidera à calmer la frénésie qui vous habite.

GÉMEAUX (21 mai – 21 juin)

Votre ciel de 2022

Une année à la manière de la comptine « Il court, il court, le furet, [...] il est passé par ici, il repassera par là » ! Autrement dit, une année à géométrie variable. On peut dire aussi qu'elle sera en pointillé, des moments calmes alternent avec d'autres plus agités.

Votre ciel prend les couleurs de l'arc-en-ciel, tantôt énergique et dynamique, tantôt calme et serein. Votre grand ami trotte dans le zodiaque, tantôt ici, tantôt par là, et parfois, il repasse, comme le fameux furet.

Votre ciel relationnel

Un début d'année calme, très calme pour certain(e)s, un climat chafouin qui met votre sensibilité à rude épreuve. Mieux vaut pour votre entourage ne pas trop vous titiller sous peine d'une salve très acidulée. L'arrivée de la Saint-Valentin adoucira votre ciel qui se colorera de couchers de soleil très romantiques.

S'ensuit une période légère et récréative, surtout pour les célibataires, jusqu'à l'été. Des rencontres célestes président à des rendez-vous terrestres. Pour vous dire que l'été sera « caliente » ! Vos émotions seront sens dessus dessous, vous frétillerez, vous vous trémousserez de plaisir, vous aurez des étoiles dans les yeux, des papillons dans la tête. Si pour certain(e)s, cet état sera éphémère, pour les natif(ve)s des années 1990, cela se transformera en une relation pérenne.

Côté environnement amical, c'est plutôt l'auberge espagnole, les amis de mes amis sont aussi mes amis !

Horoscope

Votre ciel professionnel et financier

Abordons d'abord vos finances ! La fragilité de ce domaine contribue à votre morosité en ce début d'année. Et votre ciel ne vous soutient pas vraiment. Ce que vous entreprenez ou tentez d'entreprendre a du mal à prendre forme et à entrer dans une phase de réalisation. Laissez passer quelques semaines et vous pourrez ramer dans le sens du courant avec succès. Deux autres périodes se montrent aussi fragiles, les deux premières semaines de juin et de septembre. Des périodes où il vaut mieux ne pas prendre de décisions qui ont des conséquences sur le long terme.

Côté boulot, un ami qui vous veut du bien traverse ce domaine cette année, et il va vous aider et vous soutenir dans vos projets, avec les réserves citées ci-dessus. Si vous êtes à la recherche d'un travail, mettez toute votre énergie en œuvre pour aller vers le succès, hors des zones de fragilité.

Votre ciel bonne forme

Votre bonne forme ou méforme sera directement liée à votre humeur et état émotionnel. Autant vous dire qu'elle est à géométrie variable. Alors comment réguler le trop-plein et combler les vacuités ? Il va falloir adapter vos remèdes bonne forme en fonction de vos besoins. Mais votre remède universel est une belle tablée, en compagnie d'amis avec lesquels refaire le monde, des moments qui vous requinquent.

Un remède bonne forme, pour les moments de barbouillage émotionnel ou de creux dans vos énergies, consiste à aller barboter dans l'eau. Nager, ou faire de l'aquagym, vous feront le plus grand bien, et si vous ne savez pas nager, c'est le moment d'appendre !

Un autre remède, pour les moments de surcharge d'énergie cette fois : faites des promenades en forêt, des randonnées, du jogging ou même de la boxe, un très bon exutoire à un excédent de tension ou d'énergie.

Que ce soit l'un ou l'autre remède, terminez par un bain aux huiles essentielles (géranium rosat, ylang-ylang, lavande, vétiver). N'oubliez pas de les diluer dans le savon liquide, cela évite les marques résiduelles. Ou de vous doucher avec les mêmes huiles essentielles ajoutées à votre gel. Et si vous en avez l'occasion, faites-vous faire un massage.

Horoscope

CANCER (22 juin – 22 juillet)

Votre ciel de 2022

Le climat change selon votre décan. Les premiers décans sont relativement à l'abri, pas certes jusqu'à se reposer sur leurs lauriers, mais plutôt tranquilles. Les deuxièmes reçoivent encore quelques postillons d'énergies contrariantes qui retombent sur leurs états d'âme.

Les troisièmes sont sous les feux croisés de promeneurs célestes qui se crêpent souvent le chignon et leur envoient donc des influx déstabilisants. Vous aurez souvent l'impression de vous noyer dans un verre d'eau ou, *a contrario*, de provoquer une tempête dans ce même verre.

Votre ciel relationnel

Un premier trimestre bof-bof ! Pour certain(e)s, une relation ancienne s'appesantit avec risque de dégradation ; pour d'autres, ce domaine a du mal à décoller, dans un climat à nuancer selon votre décan. C'est votre amie Venus qui a la tête à l'envers et qui préfère se mettre en pause quelques semaines, histoire de se ressourcer.

Cette période passée, votre vie émotionnelle reprend des couleurs et pas n'importe lesquelles : les couleurs de l'amour et / ou de la passion, selon votre ciel natal. Avril et le retour du printemps voient ce domaine en effervescence, vos émotions sont en émoi et vous retrouverez ce climat en juillet. Ce sont deux périodes particulièrement favorables à la rencontre pour les célibataires, pour consolider une relation, pour envisager de convoler dans le cas de certain(e)s ou pour agrandir la petite famille dans le cas d'autres.

Le cercle amical est plutôt stable. En fin d'année, quelques dissensions peuvent pointer leur nez, mais rien qui ne puisse se résoudre avec une bonne discussion.

Votre ciel professionnel et financier

C'est surtout dans ce domaine que les troisièmes décans auront du fil à retordre. Ils seront souvent sur le devant de la scène parce qu'ils souhaitent prendre une nouvelle orientation. Cette envie de changement est de nature différente selon votre génération. Cela se marque avec plus d'acuité chez les quadras, vous allez mettre en place une sorte de « révolution de palais », au grand étonnement de votre entourage. Les autres générations aussi seront prises dans des remous de remises en question, avec plus de pondération, voire de naïveté pour les plus jeunes.

Les deuxièmes décans sont dans les brassages d'énergies post-remous. Vous vous adaptez à votre nouvelle situation et, pour certain(e)s, c'est avec livres et cahiers sous le bras que vous commencez une formation ou un apprentissage. Alors que pour les premiers décans, la situation se stabilise ; vous pouvez souffler et apprécier les changements.

Soyez particulièrement attentif(ve) à votre situation financière ce premier trimestre, des tentations et autres envies viendront vous titiller, il faudra savoir se fixer des limites.

Votre ciel bonne forme

Vous l'aurez compris, ce début d'année ne vous verra pas au mieux de votre forme. Chez vous, celle-ci suit la fluctuation de vos émotions et quand vous êtes sous un ciel nuageux, peu de choses peuvent vous sortir de votre léthargie. Alors, que vous conseiller pour vous aider et stimuler vos énergies ?

Un remède souverain pour vous : un massage aux huiles essentielles, un massage ayurvédique, un hammam, une séance chez l'esthéticienne ou le coiffeur, un week-end spa. Cela peut être l'un et l'autre ou une combinaison de propositions. Ce sont des soins qui vous feront du bien et vous obligeront aussi à sortir de votre cocon et de votre torpeur.

Pour votre bain ou votre douche, préparez-vous du gel avec des huiles essentielles. Pour 100 ml de savon gel neutre, ajouter 35 gouttes de lavande, 20 gouttes de néroli et 10 gouttes de litsée citronnée, et bien mélanger avant utilisation. Vous pouvez mettre ces mêmes huiles essentielles dans des huiles végétales telles que le coton, l'abricot, l'onagre, l'argan, le sésame, l'amande, qui sont des huiles souples ne laissant aucune trace.

Horoscope

LION (23 juillet – 22 août)

Votre ciel de 2022

Dans votre ciel va se présenter un bon coach. Un ami céleste d'une grande sagesse, un guide bienveillant qui éclaire votre route, place des rambardes de sécurité dans vos excès, une sorte de Yoda. Il va freiner vos ardeurs et emballements à certains moments ; à d'autres, il sera celui qui vous pousse avec bienveillance.

Ce climat enveloppant cette année vous donne confiance et sérénité, une force tranquille vous habite, vous tracez votre route et vous ne ferez pas n'importe quoi.

Votre ciel relationnel

C'est aussi la sagesse et la tranquillité qui gouvernent ce domaine. Non pas que vous ayez perdu votre superbe, cher Lion, ou votre sensualité, chère Lionne, c'est tout simplement que vous avez envie de vous poser et de construire. Vous envisagez des plans d'avenir avec votre cher(e) et tendre. Les couples sont stables, il faudrait juste ne pas perdre de vue qu'une flamme, ça s'entretient ; sinon, elle faiblit et s'éteint.

Sage est le ciel pour les célibataires ! Vous ne serez pas distrait(e) par des futilités ou autres flirts, les relations légères et passagères ne seront pas votre tasse de thé cette année. En revanche, si l'Amour frappe à votre porte, votre cœur l'accueillera à bras ouverts.

Sages et authentiques sont aussi vos relations avec votre entourage (famille, amis, collègues). Vous êtes l'ami sur qui on peut compter. Juste une petite réserve, il ne faudra pas piétiner vos plates-bandes…

Horoscope

Votre ciel professionnel et financier

Deuxièmes et troisièmes décans, vous êtes assailli(e)s de forces trépidantes, des forces qui veulent tout bousculer ; et vous, au centre, bien ancré(e)s, vous ne déviez pas de votre route ! Vous résistez aux bourrasques avec tranquillité, sans précipitation ni affolement. Vous savez, au fond de vous, que rien ne sert de se précipiter, qu'il faut être au bon endroit au bon moment. Ces influx qui tentent de vous déstabiliser, vous les utiliserez à votre profit en ouvrant votre curiosité et votre envie d'apprendre. Une disposition d'esprit qui sera très utile à celles et ceux qui souhaitent faire une formation.

Les premiers décans bénéficient également de cette force intérieure, mais ils seront moins secoués par les influx perturbants. Ils avancent doucement mais sûrement sur l'échiquier professionnel.

Cette sagesse va aussi présider à la gestion de vos finances. Elles sont en équilibre, mais certains pourraient dire que vous avez un côté pingre ! C'est juste votre sens prévoyant et mesuré. Les quadras seront pris par l'envie d'une transaction immobilière, il faut une chaumière pour y abriter deux cœurs !

Votre ciel bonne forme

Quelles que soient les coutures sous lesquelles on vous regarde, ça va bien : le moral, la forme, la vitalité, il n'y a rien de plus à en dire. Votre forme est de fer, mais pour ne pas rouiller, faites de l'exercice !

Quelques petits mots quand même pour vous dire que cette bonne forme, pour la garder, il faut l'entretenir. Ne pas abandonner les bonnes résolutions prises à un moment ni négliger une bonne hygiène. La forme c'est comme une voiture, ça se bichonne ; autrement, elle se grippe, elle s'enraye et… patatras, rien ne va plus !

Pourquoi ne pas porter une attention particulière à vos pieds ? Ce sont eux qui vous conduisent partout, ce sont eux qui vous donnent une bonne stabilité et un équilibre certain, qui assurent un bon ancrage. Une petite cure de thalasso leur ferait le plus grand bien, d'autant qu'elle peut se faire à domicile. Se faire un bain de pieds avec de l'eau pas trop chaude, y mettre des sels et, si cela est possible, faire bouillonner avant de terminer par les doucher à l'eau froide. Ensuite, les masser avec un beurre végétal (karité, avocat) ou une huile végétale (amande douce, argan, coton) dans laquelle vous mettrez 1 à 2 gouttes d'huiles essentielles (bois de cèdre, géranium, orange douce). Lors de ce massage, faites bouger toutes les articulations métatarsiennes, exercez des pressions douces en prenant le pied entre les doigts et le pouce, commencez par les orteils pour remonter vers la cheville et repartez vers les orteils dans un geste enveloppant.

VIERGE (23 août – 22 septembre)

Votre ciel de 2022

Les pieds sur terre et la tête dans vos rêves, c'est ainsi qu'on peut parler de votre ciel, à la fois de l'ancrage et de l'évasion. On peut traduire aussi par : « J'imagine et je réalise » ou « Je réalise ce que j'imagine ou conçois ».

Une cohabitation de deux tendances pas toujours évidente mais qui crée une dynamique de progression, d'évolution, de renouvellement. Une cohabitation avec ses bons et ses mauvais moments, qui peut vous mettre dans un état de frilosité émotionnelle, surtout chez les troisièmes décans.

Votre ciel relationnel

Climat de remise en question pour les troisièmes décans. Votre côté pinailleur risque fort de remonter à la surface et agacer votre partenaire. C'est que vous avez du mal à gérer vos émotions, vous voulez tout rationnaliser et garder le contrôle ; donc, ça vous agace et vous agacez. Ça, c'est pour le côté sombre de la situation. Le côté lumineux, c'est que, hors ces phases mi-figue mi-raisin, vous ressentirez un sentiment de liberté, de légèreté, de dynamisme, de renouveau. Vous balancerez de l'un à l'autre, suivant les mouvements mercuriens.

Les premiers et deuxièmes décans oscilleront entre un côté cigale (et / ou une désinvolture qui peut surprendre leur entourage) et un côté sérieux, raisonnable, avec le risque d'être ennuyeux(se). Ce climat va aussi vous rendre tatillon(ne), susceptible, ce qui mettra des poussières dans vos relations, tant amoureuses qu'amicales et familiales, voire des grains de sable pour les plus corsées. Rassurez-vous, ces aspérités n'éloigneront pas vos amis et connaissances.

Votre ciel professionnel et financier

Pour prendre une métaphore, cette année est une route avec ses codes, ses feux rouges et verts, ses barrières tantôt levées, tantôt baissées, ses cailloux et nids-de-poule, mais aussi de jolis paysages et zones de repos. Donc, j'ai la prétention de vous donner votre feuille de route.

Feux rouges ou barrières baissées deux semaines en début d'année, de fin mai à la mi-août, la première quinzaine de septembre. Pendant ces périodes, vous aurez le sentiment que rien n'avance, que vous tournez en rond, que vous pédalez dans la choucroute. Mais ce sont des périodes favorables à la préparation, à la cogitation, à l'étude ou à l'acquisition de connaissances et / ou de projets. Et puis, vous changez de période, le climat varie, les freins se lâchent, vous ramez dans le sens du courant et ce que vous aviez du mal à mettre en place devient facile et fluide.

Si vous devez organiser des rendez-vous professionnels, choisissez bien votre moment pour une conclusion heureuse et pérenne.

Votre ciel bonne forme

Votre forme épousera la même feuille de route que celle de votre activité professionnelle. Votre humeur sera agacée par les contrariétés et autres freins ; souvent, vous aurez tendance à vouloir forcer les éléments. C'est surtout dans ces périodes qu'il est bien d'œuvrer à votre bonne forme. Quand tout va bien, la zénitude vous gagne.

Comment, me direz-vous ? Faire du sport n'est pas votre tasse de thé, mais il vous reste la marche, les randonnées, la bicyclette, le tai-chi, le Pilates, des méthodes douces plus conformes à votre nature.

Voici quelques conseils pour bien vous aérer lors de vos promenades. Marchez d'un pas allègre en inspirant pendant trois pas et en expirant les trois suivants. Régulièrement – à vous de choisir le rythme –, faites quelques mouvements d'ouverture de la cage thoracique. Tenez-vous bien droit, le menton légèrement relevé et les bras ballants, inspirez profondément en rejetant vos épaules en arrière comme pour faire se toucher vos omoplates. Expirez longuement en vidant vos poumons et en laissant retomber vos épaules en avant. Faites plusieurs respirations et reprenez votre promenade.

BALANCE

(23 septembre – 22 octobre)

Votre ciel de 2022

Dans votre ciel, les conversations se font avec courtoisie et bienveillance. Les un(e)s et les autres se rencontrent et vous envoient des influx tantôt de forces tranquilles tout en étant dynamiques, tantôt de douceur sereine. Et n'oublions pas la petite fenêtre coquine en avril !

Si on veut trouver un peu de chamaillerie, ce sera autour de la pleine lune de fin avril et de fin octobre. Des périodes contrariantes et contrariées, agaçantes et agacées, votre sérénité sera aux abonnées absentes et il y a fort à parier que vos nerfs seront en pelote.

Votre ciel relationnel

Comme je vous le disais en préambule, le ciel Balance est serein, peu de contrariétés s'y profilent. On retrouve ce climat dans vos amours. Elles se promènent au fil de la vie paisiblement. Votre ami(e) déambule dans les jardins du zodiaque avec sensualité et toute séduction dehors !

Elle est tendre et complice en mars, juillet et votre période anniversaire. Il / Elle est « *hot spicy* » en début d'année, mai et août-septembre. Et même en couple, la Balance n'oublie pas d'entretenir le charme discret de la séduction. Il / Elle fera des cabrioles avec son / sa complice céleste en avril et en juillet-août. Il / Elle tente de séduire et de distraire le plus sérieux des promeneurs célestes en février. Et pensera à concrétiser et pourquoi pas à convoler de la mi-avril à fin mai.

Les relations avec votre entourage, qu'il soit familial ou amical, est serein mais surtout pas monotone. Vous faites rayonner la joie autour de vous, vous la diffusez dans le cœur de ceux auxquels vous tenez.

Horoscope

Votre ciel professionnel et financier

Un ami qui vous veut le plus grand bien se promène dans votre secteur professionnel. Il y sera jusqu'à la mi-mai. Pendant cette période, il sera comme un grand frère, un guide invisible, un mentor ; il favorisera les situations, les contacts, il vous ouvrira des portes. C'est une période propice à mettre en place des projets, des changements, à penser à votre plan de carrière. Si vous souhaitez évoluer sur l'échiquier professionnel, profitez de cette période pour mettre en place votre stratégie. Les entretiens que vous pourrez avoir seront productifs, qu'ils soient d'embauche, d'évaluation ou de négociation.

Lorsque cet ami quittera le secteur, il laissera une traînée d'énergie derrière lui sur laquelle vous pourrez encore surfer, surtout si vous avez pris la vague pendant son périple.

Si vous faites un métier créatif, la période autour de la mi-avril décuplera vos perceptions, un terreau fertile pour une créativité féconde.

Le petit bémol dans ce beau ciel bleu, un « petit » laisser-aller financier dans les périodes de pleine lune de fin avril et fin octobre.

Votre ciel bonne forme

« Tout va bien, madame la Balance, mais il faut pourtant que je vous dise quelques tous petits riens ! »

Vous faites montre d'un bel enthousiasme. Vous avez bonne mine, bonne forme, bonne vitalité. OK, mais ce n'est pas une raison pour la dilapider ! Votre « capital forme » est bon, vous devez l'entretenir.

Si vous habitez un immeuble à plusieurs étages, prenez l'habitude de monter les escaliers plutôt que de prendre l'ascenseur. Plusieurs fois par semaine, faites-le dans un bon rythme. Si vous habitez en pavillon, montez et descendez plusieurs fois vos escaliers. Ce sera votre façon de faire du step.

Combinez le step à des respirations. Respirez pendant quelques marches, expirez pendant le même nombre de marches (vous en déterminez le nombre selon votre rythme). À chaque palier ou à chaque montée, quelques secondes d'arrêt, expirez profondément en laissant tomber le buste en avant, les bras ballants pour bien vider les poumons. Inspirez et repartez.

Après ce step, prenez une douche relaxante. Ajouter une ou deux gouttes d'huiles essentielles à votre savon de douche. Les huiles essentielles de lavande, de basilic ou de pamplemousse sont relaxantes, l'ylang-ylang ajoute une note aphrodisiaque…

Horoscope

SCORPION

(23 octobre – 21 novembre)

Votre ciel de 2022

Votre monde émotionnel tremble ! L'épicentre se situe dans le deuxième décan, les autres ressentent les secousses en rayonnement.

Une année de rebondissements, de changements de cap, de prises de risques, de tempêtes ; une année dense, intense, comme vous les aimez. Vous ne risquez pas de vous ennuyer et, si le calme se présente, vous aurez toujours une idée pour ne pas tomber dans une routine poussive. Dire que vous avez un tigre rugissant dans votre moteur est un doux euphémisme.

Votre ciel relationnel

Boum, boum, votre cœur fait boum ! « Heureusement ! » me direz-vous.

« Boum, boum ! » chez les célibataires qui tombent sous les flèches de Cupidon. Alors éphémère ou pérenne ? Certain(e)s seront touché(e)s profondément, d'autres seront à peine effleuré(e)s, ce sera selon votre ciel natal.

« Boum, boum ! » chez les nouveaux couples et / ou les trentenaires qui voguent toujours sur les ailes de l'amour sans pour autant oublier le désir.

« Boum, boum ! » chez les natif(ve)s des années 1960 qui redécouvrent les émois de leurs 15 ans, et les plaisirs de la rencontre et des jeux amoureux qui ne seront pas de hasard.

« Boum, boum ! » chez les quadras et quinquas, même si pour certain(e)s, c'est du « boum, boum, patatras ! », on se remet en question et on prend parfois un chemin différent. Mais aussi des « boum, boum, ohlala ! » pour celles et ceux qui voient tout à coup leur vie sentimentale reprendre des couleurs et du relief.

Et, curieusement, les relations familiales et amicales sont des zones de repos, de calme, des zones où vous pouvez poser vos énergies au vestiaire et profiter de moments de détente.

Votre ciel professionnel et financier

Votre meilleur ami est toujours dans un secteur qui vous pousse à aller au plus profond des choses, à descendre dans vos retranchements pour en ressortir avec plein d'idées ou autres concepts dans vos poches. C'est dire également si vos neurones sont très « rock and roll » et s'ils ne s'arrêtent pas de cogiter ! Si vous envisagez une formation ou un apprentissage, l'année est propice à cette démarche et si vous souhaitez qu'elle soit porteuse d'avenir, n'hésitez pas à prendre un chemin différent ; autrement dit, vous pouvez envisager de changer de métier.

Les conversations entre votre meilleur ami et un trublion céleste peuvent parfois vous mettre dans de beaux draps ! Ou en posture délicate voire *borderline*. Surtout quand votre deuxième meilleur ami vient mettre son grain de sel en juin. Il exacerbera votre susceptibilité, votre irritabilité, vous aurez tendance à vous emporter sans crainte des conséquences. Certain(e)s, surtout chez les quadras, peuvent même être dans la provocation, histoire de réveiller une situation endormie. Ils auront aussi tendance à se lancer défis et challenges pour mettre du relief dans ce secteur.

Bref, la prudence et la pondération ne sont pas à votre menu cette année.

Votre ciel bonne forme

Une super forme pour un super Scorpion ! Il faut dire que vous êtes directement branché(e) sur une source inépuisable ! Si trop peu peut poser problème, trop peut également être un souci. Imaginez quelqu'un qui ne se pose jamais, qui est constamment en mouvement, qui houspille son entourage chaque fois que celui-ci ralentit son rythme ! Cela génère des débordements en tout genre, des prises de bec, des échanges vifs et acerbes, et j'en passe.

Il est plus facile de dépenser ce qu'on a en excès qu'en déficit. Je vous invite, de temps en temps, à « décharger vos batteries », à « purger vos accus » ; cela vous apaisera et reposera aussi votre entourage. Ah… Si vous pouviez, de temps à autre, faire un « don d'énergie » ! Vous feriez des heureux…

Si vous en avez l'occasion, faites un sport de combat. Vous avez besoin de vous mesurer, de relever des défis ; vous avez l'esprit combatif, cela permettrait de canaliser le trop-plein. Privilégiez des sports comme la boxe, la boxe française (plus élégante), le judo, l'aïkido (art martial avec le sabre), ou un sport qui demande des « décharges énergétiques » comme le basket-ball ou le volley-ball. Si vous ne pouvez pas vous rendre dans une salle, vous pouvez le faire à domicile. Il vous suffit d'un punching-ball ; vous pouvez vous fabriquer ce sac de frappe avec un oreiller que vous rembourrerez. Combattre dans un endroit adéquat vous dégage d'un surplus et c'est apaisé(e) que vous pouvez aborder vos actions dans la vie.

SAGITTAIRE

(22 novembre – 21 décembre)

Votre ciel de 2022

« Rien ne va plus, faites vos jeux ! », c'est ce qu'on peut vous dire, chers amis. Inlassablement, vous jetez les dés sur le tapis de la vie. Vous œuvrez pour pousser vos pions sur les bonnes cases de l'échiquier, mais pour le moment, vous n'avez pas la main.

Votre meilleur ami se promène sous d'autres cieux et semble vous oublier ! Il reviendra dans des énergies plus bénéfiques à partir de la mi-mai, mais ce sera pour faire rapidement quelques facéties. Il fait un tourneboulé qui vous… tourneboulera !

Votre ciel relationnel

C'est un domaine de ressourcement, votre fontaine de jouvence. Ça s'agite côté travail ; c'est le repos de la guerrière ou du guerrier côté sentiments. En fait, c'est un bon équilibre qui vous va bien et que vous appréciez.

N'allez pas croire pour autant que ce domaine sommeille ! Qu'il soit au calme plat ! Il n'en est rien, il est juste plus harmonieux, plus serein. On observe cette sérénité dans les couples déjà bien installés, les liens sont forts et sont un bon amortisseur des tensions au travail. Ils se soutiennent, se stimulent, s'épaulent. Ils profitent de la moindre occasion pour s'extirper de leur quotidien en s'évadant bras dessus, bras dessous.

Ce sera aussi une zone de ressourcement pour nos plus jeunes, qui batifolent – pour les un(e)s – ou s'engagent – pour les autres. Seul(e)s les célibataires volontaires – oui, il y en a quelques-un(e)s – se promènent le nez au vent et le cœur en goguette.

Zone de ressourcement aussi dans le cercle familial et amical, ponctué de visites et d'agapes, d'escapades et de distractions. Malgré un agenda professionnel dense, vous trouverez du temps pour celles et ceux que vous aimez.

Horoscope

Votre ciel professionnel et financier

Ça bouge et ça tombe bien, vous avez des fourmis dans les jambes. Cette année se montre favorable pour mettre en place des pions et évoluer sur l'échiquier professionnel, surtout chez les deuxièmes décans, et dans une moindre mesure pour les autres. Certains auront envie de prendre leur indépendance et de créer leur propre activité. Même si la période ne se montre pas vraiment favorable pour toutes les nouvelles aventures professionnelles, le risque et le challenge, vous aimez ça. Prenez quand même le temps d'une bonne réflexion, une trop grande impulsivité est à proscrire pour garder la maîtrise de la situation.

Vous aurez le soutien d'un complice céleste qui gravite dans ce secteur et qui vous donne la pêche ! Il vous insuffle de l'énergie pour entreprendre, de l'audace pour la prise de risque, le petit grain de folie pour innover. Il vous confère un esprit combatif pour faire face et surmonter les obstacles. Il vous transmet l'intelligence et la perspicacité nécessaires pour faire évoluer la situation favorablement. Le tout saupoudré d'un zeste de séduction, vous voilà irrésistible et délicieusement craquant(e), professionnellement j'entends !

Ce sont aussi quelques atouts dans votre manche pour vous « vendre », si vous êtes à la recherche d'un emploi. Jouez les bonnes cartes et vous gagnerez.

Votre ciel bonne forme

Une forme éblouissante, vous êtes paré(e) pour aller contre vents et marées et faire face aux agressions saisonnières. La « tornade blanche » est dans votre secteur bonne forme et vous insuffle tonus et vitalité. Elle agit comme une chaudière qui réchauffe toute la maison. Et quand des camarades viennent jouer avec vous, vous laissez libre cours à votre dynamisme.

J'ai deux conseils à vous donner pour garder la forme : vos défenses immunitaires et les excès de table.

Entretenez vos défenses naturelles, préparez-vous une composition d'huiles essentielles : 1 goutte d'huile essentielle de thym à saturéoïdes et 1 goutte d'huile essentielle de marjolaine à thujanol, dans 1 cuillère d'huile d'amande douce ou de sésame. Se frictionner le plexus solaire plusieurs fois par jour dans un mouvement doux et rotatif.

Attention aux excès de table ! Avant une ripaille, prenez un jus de citron les deux à trois jours qui précèdent pour bien nettoyer. Pendant le repas, 2 gouttes d'huile essentielle de basilic sur un sucre conditionneront une bonne digestion. Si vous faites le menu, envisagez un plat de salade variée avec des pissenlits, de l'artichaut, de l'endive, quelques feuilles de menthe, du radis noir et accompagnez le fromage de raisin. Après le festin, une tisane de verveine ou de camomille.

CAPRICORNE

(22 décembre – 20 janvier)

Votre ciel de 2022

Toute cette année sera présidée par « un conflit de générations ». Un conflit entre conservatisme et modernisme, entre habitudes et initiatives, entre routines et innovations, entre habituel et exceptionnel. Des tendances contradictoires modulées par l'un ou l'autre des arbitres célestes, qui seront des médiateurs plus ou moins pertinents dans cette controverse.

Avec l'un, ce sera une belle alchimie de complémentarité, avec l'autre, ce sera une confrontation des antagonismes. Notons, toutefois, qu'il y a une nécessité de changement, d'évolution, avec ou sans révolution.

Votre ciel relationnel

Le grand perturbateur passe dans votre secteur sentimental, il converse vigoureusement avec le grand réformateur qui est dans votre signe. C'est dire combien ce domaine sera vivant, énergique, remuant…

Certain(e)s choisiront de se mettre sous la couette et d'attendre que l'orage passe en espérant ne pas être éclaboussé(e)s, d'autres feront front vaillamment et se remettront en question. Deux postures contradictoires qui seront conditionnées par votre ciel natal.

Pour celles et ceux qui choisiront de rester sur le pont au risque de subir des bourrasques, ce domaine prendra des reliefs parfois très inattendus. Par exemple, être victime d'un coup de cœur ou d'un coup de foudre ! Et patatras ! Voilà que vous ne maîtrisez plus rien et n'avez d'autre choix que de vous laisser aller à ces douceurs du cœur.

Ou encore être frappé(e) d'un coup de tonnerre et… patatras ! Vous voilà par terre et vous vous perdez de vue, le fossé se creuse et la fracture est inévitable. Natif(ve)s du deuxième décan, vous y êtes plus particulièrement exposé(e)s.

Pour celles et ceux qui choisissent de rester sous la couette, si vous êtes seul(e), et bien, vous le resterez ; si vous êtes à deux, ce seront des tempêtes d'alcôve.

Horoscope

Votre ciel professionnel et financier

Une « ligue » planétaire se forme dans le ciel pour trouver un terrain d'entente dans le conflit de générations qui l'occupe. Cette ligue se renforce au fil des semaines et affecte tous les natif(ve)s, même si les troisièmes décans sont au centre des attentions célestes. Un rendez-vous en début d'année donne une pulsion très bénéfique pour poursuivre votre chemin.

Pour vraiment ouvrir ce domaine, rencontrer des éléments ou circonstances favorables et constructives, il faut attendre mai, avec l'arrivée d'un médiateur. Cela ne signifie pas que rien ne se passe avant ! C'est une période pour semer, des projets pour certain(e)s, des contacts pour d'autres. C'est dire aussi à quel point l'avant est important, si vous voulez « tirer les marrons du feu » ! Autrement dit, qui ne sème rien ne récolte rien. Pour jouer vos cartes dans ce domaine, avril et octobre sont des mois propices à des entretiens professionnels, que ce soit en matière de demande ou d'évolution.

Vous observez qu'on vous sollicite souvent pour un conseil, pour un avis, pour une demande, on vous fait confiance et on vous le démontre. Vous faites figure de compétence, de référence, de guide.

Votre ciel bonne forme

Vous traversez cette année avec calme et pondération. Votre tonus est en forme, votre énergie est plutôt flegmatique, ce qui ne veut pas dire qu'elle est vacillante. Elle est forte, mais discrète, tout comme vous. Vous êtes le capitaine à la barre de votre bonne forme, quels que soient les vents et les marées.

Pour maintenir votre cap, ménagez-vous des moments de zénitude ou de « zone sacrée ». Des moments bien à vous et rien que pour vous. Des moments au cours desquels vous faites ce que vous voulez et surtout ce qui vous fait plaisir. Vous devrez veiller à ce que ces moments soient comme des bulles hors du temps. Donc, pour ce faire, programmez-vous des séquences de temps en temps, par exemple une heure çà et là, une demi-journée par semaine, c'est vous qui décidez de ce temps et du rythme. Vous devrez veiller à ne pas être dérangé(e) ou envahi(e) dans ces bulles ou zones ; n'oubliez pas que c'est votre temps bien à vous et rien qu'à vous. Vous pouvez choisir de ne rien faire ou de faire quelque chose comme lire, écouter ou faire de la musique, vous promener ou vous ressourcer auprès de votre arbre.

VERSEAU (21 janvier – 18 février)

Votre ciel de 2022

« La force est en toi », dit Maître Yoda ; « la force est en toi », dit le Grand Sage qui se promène dans votre signe. Et c'est une force qui vous habite, qui vous offre de l'endurance, vous empêchant de partir dans tous les sens. Ça vous change et votre entourage s'en étonne.

C'est aussi habité(e) par cette force que vous serez l'architecte de votre devenir. Si l'on associe votre sens de l'opportunité avec le pragmatisme insufflé par votre visiteur, vous serez redoutable.

Votre ciel relationnel

Ce n'est pas parce que ce domaine n'est pas dans vos priorités qu'il est désert et sans intérêt. Faut-il y voir de la pudeur ? De la réserve ? Probablement, mais c'est aussi parce que vous avez du mal à gérer vos émotions ; donc, vous évitez autant que faire se peut.

Vous entretenez des relations en bonne intelligence, ce qui ne veut pas dire que vous n'êtes pas amoureux, seulement prudent. Les deuxièmes décans sont plus particulièrement aspectés par cet état d'être qui donne cette image de froideur, mais celles et ceux qui vous connaissent savent que c'est une façade. Ce qui veut dire aussi que vous donnez un caractère de sérieux et de construction à vos relations.

Les premiers décans sont les mieux lotis tout au long des mois à venir, avec des moments plus intenses en mars, mai et surtout durant le dernier trimestre de l'année. Les cœurs pris n'oublient pas les petites attentions. Les cœurs à prendre se feront bigrement désirer avant de succomber.

Horoscope

Votre ciel professionnel et financier

Dans ce domaine, vous faites des étincelles ! Non seulement vous avez des idées, mais vous les mettez en forme ; en plus, les choses sont faites avec tellement de charme que même les jaloux et les mesquins y succombent. Les idées ne manquent pas, elles sont pertinentes, originales, parfois extravagantes mais tellement à-propos. On peut dire que vous êtes aux avant-postes d'un renouveau et que vous n'avez pas peur de secouer le cocotier. Et votre locataire de cette année vous assiste dans la mise en œuvre. Il vous aide aussi à ne pas filer trop vite, mais à partir à point et aussi à prendre du recul ou de la hauteur.

Cette période se situe sous de bons auspices pour demander un avancement, une meilleure reconnaissance, une revalorisation de votre poste. Pour les demandeurs d'emploi, vous pouvez conclure un contrat à long terme.

Beaucoup de sérieux dans le travail, beaucoup de fantaisie dans vos finances ! Vous aurez souvent des trous dans vos poches et des fuites de liquide. Veillez à les colmater ou à y mettre un oursin.

Votre ciel bonne forme

Avec votre locataire, vous êtes un vrai coureur de fond. Il vous insuffle de l'endurance et aussi une grande capacité de récupération. Autant dire que vous avez une bonne vitalité, du tonus pour faire face aux vents ! Mais vous n'êtes pas à l'abri de petits coups de fatigue, surtout dans les périodes de lunaison.

Une autre vulnérabilité dans cette année est les tensions dues à une posture pas toujours très ergonomique, ce qui génère des contractions dans le haut du corps.

Pour détendre la région de la nuque et des épaules, voici quelques petites astuces. Asseyez-vous naturellement et confortablement, les pieds bien au sol et légèrement écartés dans le prolongement de vos hanches. Détendez vos épaules, vos bras sont ballants comme des chiffons le long du corps ou relâchés et plongeant vers vos genoux. Inspirez profondément et laissez tomber le haut du corps en avant en laissant les bras pendants et en rentrant le ventre tout en expirant. Revenez en position initiale en inspirant profondément. Refaites le mouvement plusieurs fois à différents moments de la journée.

Horoscope

POISSONS

(19 février – 20 mars)

Votre ciel de 2022

Vous nagez dans une mer de félicité ! Vous vous laissez porter par le courant, poussé(e) par une douce brise. Mais attention à ne pas vous laisser bercer de rêves et / ou d'illusions et à ne pas vous éloigner de la réalité. Vous serez alors à la dérive et sacrément ennuyé(e).

Mais vous n'êtes pas à l'abri d'une tempête qui risque fort de vous mettre le cœur et la raison à l'envers ! Votre locataire et meilleur ami a parfois des conversations houleuses avec ses relations. Ce climat tempétueux plane à partir de juillet.

Votre ciel relationnel

Côté cœur, vous êtes le /la charmeur(euse) charmant(e) sachant charmer ! Vous serez toute séduction dehors et plus particulièrement en avril-mai. Une configuration planétaire vous porte au septième ciel.

Œillades, roucoulades et autres minauderies sont vos armes de séduction et peu vous résisteront... C'est dire si, petits Poissons, ce domaine aura toute votre attention ! C'est l'état de vos émotions qui conditionnera votre humeur et vos états d'âme, qui vous rendra efficace ou distrait(e) au travail, qui vous donnera les couleurs de votre manière d'être. Aimable ou grincheux(euse), ce sera selon l'état de votre cœur.

Lorsque l'avis de tempête s'annoncera, les quadras seront les plus exposés aux remous. Certain(e)s peuvent tomber à l'eau, se retrouver dans une autre embarcation... et dans d'autres bras. Les célibataires n'ont pas de souci à se faire, il y aura deux cœurs dans leur chaumière.

Dans votre cercle familial et amical, « empathique », « aimable », « plaisant(e) », « serviable », « charmant(e) » et j'en passe, voilà quelques mots qui se chuchotent à votre propos.

Horoscope

Votre ciel professionnel et financier

Votre signe est traversé par un ami qui vous veut du bien. En fait, c'est votre deuxième meilleur ami qui vous rend visite dans le premier semestre. Ensuite, il vous quitte quelques mois pour revenir en fin d'année. Ce qui veut dire que pendant tous ces mois, il vous aide, vous guide, vous parraine, vous soutient. Sous son patronage, vous pouvez mettre en place des projets, mais la sagesse vous conseillera d'entreprendre en association ou en partenariat. Les démarches effectuées, soit pour trouver du travail, soit pour suivre une formation, aboutiront à une heureuse conclusion. Donc pensez à semer dans cette période pour récolter plus tard !

Si vous préférez être le spectateur / la spectatrice de votre situation professionnelle, vous laisser bercer par le doux ronronnement de la routine, le réveil risque d'être difficile dans le deuxième semestre. Il y aura des coups de vent qui peuvent vous déstabiliser, voire vous faire tomber. Un conseil, si vous ronronnez, ne ronronnez que d'un œil !

Méfiez-vous d'avril où les rêves frisent l'illusion, période pendant laquelle vous serez sensible aux chants des sirènes, où vous manquerez d'objectivité, de réalisme. Une période où vous devrez redoubler de vigilance dans votre gestion financière.

Votre ciel bonne forme

Deux périodes dans votre ciel : une première dynamique et énergique, la seconde plus dolente à se livrer au farniente. Dommage que les énergies ne se stockent pas, vous pourriez faire le plein pour une utilisation ultérieure. Donc, il faudra vous adapter à ces différences de rythme. Le fil conducteur entre les deux est une bonne qualité de sommeil.

Et un bon sommeil, ça se prépare ! Souvenez-vous que, le deuxième semestre, le vent souffle, ce qui peut engendrer des nuits houleuses, susceptibles de devenir blanches si la lune s'en mêle. Elles peuvent aussi être peuplées de rêves plus ou moins sympathiques.

Comment se préparer au sommeil ? C'est très simple. Instituez-vous un petit rituel le soir. Le fait que ce soit un rituel instaure une récurrence et suggère un caractère sacré.

Le soir donc, évitez les repas trop copieux, trop arrosés, trop épicés, préférez un repas simple et léger. Si d'aventure vous ne pouvez pas échapper à des ripailles, ayez de l'huile essentielle de basilic dans votre poche ou votre sac. Deux gouttes sur un sucre en cours de repas aideront à une bonne digestion. Il faut savoir que la majeure partie des cauchemars sont provoqués par une mauvaise digestion. Essayez aussi, autant que faire se peut, de vous coucher à la même heure. Vous pouvez aussi mettre quelques gouttes d'huile essentielle de lavande, de camomille romaine ou d'angélique sur un coton posé sur votre table de nuit ou sur un coin de votre oreiller. Bien respirer et détendre les membres sont également des aides pour bien dormir.

SOLUTIONS DES JEUX

Carrés magiques

p. 20

4	8	3
9	1	5
2	6	7

p. 82

4	5	9
6	10	2
8	3	7

p. 42

49	8	16	17	25	33	41
32	40	48	7	15	23	24
22	30	31	39	47	6	14
5	13	21	29	37	38	46
44	45	4	12	20	28	36
27	35	43	51	3	11	19
10	18	26	34	42	50	9

p. 102

26	34	42	50	9	17	25
43	51	10	18	19	27	35
11	12	20	28	26	44	52
21	29	37	45	53	5	13
38	46	47	6	14	22	30
48	7	15	23	31	39	40
16	24	32	33	41	49	8

p. 62

34	8	12	25	26	30
9	40	5	27	31	23
38	6	10	29	24	28
11	33	37	20	15	19
36	13	32	18	22	14
7	35	39	16	17	21

p. 124

11	6	37	29	24	28
7	35	12	25	26	30
9	13	32	27	31	23
36	40	5	18	22	14
34	8	39	16	17	21
38	33	10	20	15	19

Carrés magiques

p. 144

5	11	17	18	24
14	20	26	7	8
23	4	10	16	22
12	13	19	25	6
21	27	3	9	15

p. 210

15	21	27	3	9
24	5	11	17	18
8	14	20	26	7
22	23	4	10	16
6	12	13	19	25

p. 168

1	8	13	12
15	10	3	6
4	5	16	9
14	11	2	7

p. 230

3	14	9	16
17	8	11	6
12	5	18	7
10	15	4	13

p. 190

1	56	58	15	33	24	42	31
14	59	5	52	30	42	37	20
7	50	64	9	23	34	32	41
60	61	3	6	28	29	35	38
12	13	51	54	44	45	19	22
55	2	16	57	39	18	48	25
62	11	53	4	46	27	21	36
49	8	10	63	17	40	26	47

p. 252

51	16	54	17	19	48	22	49
62	57	11	8	46	41	27	24
63	4	18	53	31	36	34	37
10	61	55	12	26	29	39	44
58	13	7	60	42	45	23	28
15	52	66	5	47	20	50	21
14	9	59	56	30	25	43	40
3	64	6	65	35	32	38	33

Carrés magiques

p. 272

7	13	19	25	6
24	5	11	12	18
16	17	23	4	10
3	9	15	21	22
20	26	2	8	14

p. 334

12	18	19	25	6
20	26	7	13	14
8	9	15	21	27
16	22	28	4	10
24	5	11	17	23

p. 294

3	17	12	10
16	6	7	13
9	11	18	4
14	8	5	15

p. 354

2	16	7	13
15	5	10	8
12	6	17	3
9	11	4	14

p. 312

53	67	8	18	21	35	40	50
12	62	57	15	28	30	41	47
65	7	20	54	49	23	36	38
64	10	61	11	32	26	45	43
16	58	13	59	48	42	29	27
17	55	68	6	33	39	52	22
60	14	9	63	44	46	25	31
5	19	56	66	37	51	24	34

p. 376

5	16	58	67	21	48	26	51
66	11	13	56	34	27	45	40
63	6	68	9	31	22	52	51
12	65	7	62	28	49	23	46
60	17	55	14	44	33	39	30
15	54	20	57	47	38	36	25
18	59	61	8	50	43	29	24
53	64	10	19	37	32	42	35

Solutions des mots mêlés

Mots mêlés Arbres commençant par A p. 38

A		A	P	O	R	O	C	A	C	T	U	S		A	I	C	A	C	A
	H							A	G	A	V	E				R			
		P											A	D	E	N	I	A	
			R				R							I			A		
				O				E					L			L			
					M				I			O			O				
	R					A	A			T	R			R					
	E						C			E	O		E						
	I	A			A		O		Z		A	C	A						
	S	R				N	K	A			A	I	I	I					
	U	A					A		C				Z	R	L				
	O	U	A				N	C		A				I	B	A			
	B	C			U		T		A		J				B	A	N		
	R	A				B	H			R		O				L		T	
	A	R					E				D		U				A		E
		I					R	P				I							
		A					A		I				E						
										N				R					
A	R	G	O	U	S	I	E	R			E								
	A	B	U	C	U	A													

Mots mêlés Covid 19 p. 72

E			E	R	V	U	O	C	R										
P									E	A									
I									S										C
D			V		G	O	U	T	T	E	L	E	T	T	E	S			O
E			I				R		R					N					N
M			R			A			I		V			O	D				F
I			U		Z				C		A	E		I	E		C		I
E			S	E				S	T		R	I		T	P	V	O		N
			N					E	I		I	M		C	I	A	U	S	E
		E				U		U	O		A	E		E	S	C	R	E	M
	C				E			Q	N	N	N	D		F	T	C	B	C	E
A				F				I	S	O	T	N		N	A	I	A	N	N
P	M							T		I	S	A		I	G	N	T	E	T
F	O							S		G		P			E	A	U	G	
I	D	N	O	I	T	A	N	I	M	A	T	N	O	C		T	R	R	
Z	E							T		T						I	E	U	
E	R							A		N						O	S		
R	N							T		O						N			
M	A	L	A	D	I	E		S		C									
	C	O	R	O	N	A	V	I	R	U	S								

Solutions des mots mêlés

Mots mêlés Grandes batailles p. 118

Y																			N
C					G	R	U	B	S	Y	T	T	E	G				U	
E		E	M	M	O	S					C					M	D		
R					W	A				A					A	R			C
C					A	N			S			R		R	E				A
					T	A		T				A	I	V					M
		S			E	W	I					G							E
	R	G			R	L					N	L							R
	E	N			L	D				A		A							O
	I	I		O	O	N	N		N			F			A				N
	C	T	N		O	A		I				A		U			N		E
	H	S				S			A			R	S			O			
	S	A				I	E			N		T			H				S
	H	H	M					D			E			T					E
	O		U						I	R		D	A				Y		N
	F		I						L	M		R					M		I
	F		T					I			A						L		V
	E		C				T			M		R					A		U
	N		A			Z							Y				V		O
					I	O	R	C	O	R				P					B

Mots mêlés Instruments de musique p. 160

													F	L	U	T	E		E
		N	I	C	E	V	A	L	C	S								R	N
C								C	E	H							U		O
L							N	L		A	E					O	P		B
A						O	A	A		U	N				B		I		M
I					S	B		R		T	O			M			C		O
R				S	M			I		B	H		A				C		R
O			A	I				N		O	P	T					O		T
N		B	T				O	E		I	O		A	B	U	T	L		
	A						R	T		S	X						O		
		C					G	T	C	L	A	V	I	C	O	R	D	E	
C			C				U	E			S								
	A			O			E												
		R			R			T	R	O	M	P	E	T	T	E			
			I			D		P	I	A	N	O							
				L			E					R							
					L			O				O							
						O			N	C		S	A	X	H	O	R	N	S
							N												

Solutions des mots mêlés

Mots mêlés Lacs p. 202

							N	A	V										
																A			
		H													C				
V	A	N	E	R	N							N		A					
			I	I							O		C	G					
A			R		M					G		I		E					
V	K		E		A	U			I		T			N					
	I	I			R		R	P		I	A			O					
		C	Y		A		I	O	T			U				I			
B			T	N	L	N		I					G			R			
A		I		O	A			W						A		U			
I		A			R	G	N	A	S	S	E	R	E		R	G			
K	T	H				I	N	L				L				A			
A	O	G		T	A	N	A	A			L						C		
L	R	N						M	T	I								I	
	R	I							V										N
	E	Q				A	T	L	O	V									
	N						E												
	S					M													
													A	N	A	K	R	U	T

Mots mêlés Monnaies du monde p. 244

		M																	
		A					K	R	A	M									
		N								O	N	A	I	V	I	L	O	B	
		A			H			A											
D	I	T		A			N	D						L					
N		S	I			U		I			E				E				
A		P	A	F	K	A	N	N			D					I			
R	U			L				A			R						R		
R		T	A	K	A			R			U	L							
	L					D					O	A							
	E		E	R	V	I	L				G	Z				G			
	V			O	S	E	P					T		R	C	N	A	R	F
					M							E	O			I			
I	L	E	K	P								U	W	O	N	L			
R			I	U		E					B	Q				L			
A		R		L		U	R	A	L	L	O	D				I			
L	A			A	M	R			E							H			
						O			N							S			
N	A	I	R	A			S	E											
							Y												

Solutions des mots mêlés

Mots mêlés Noms de famille français p. 282

									L					E					
								E					R		R				
							F		P			I			E				
				M		E				E	A				I				
				A	V		D			M	T				C				
				R			U		E	R		I			R				
			E	C			V	L		E	E		T		E				
C	D	R	A	H	C	N	A	L	B	I		I	E		M			Y	
N	E	R	U	A	F		L			N			N					O	
A		T	E	N	N	O	B			R			U	U				R	
L				D		D	U	F	O	U	R		R		E			E	S
B				X						O			B			M		L	A
				D	U					F								G	C
					U	O											A		U
						B	R				M					I			L
							O	E		U					L				
								I	L					L					
								L	S				A						
							E					R							
						R					D								

Mots mêlés Pays du Moyen-Orient p. 324

										G	E	O	R	G	I	E			
	E	I	R	Y	S														
		T	I	E	W	O	K												
													R				N		
							P	A	K	I	S	T	A	N			A		
	A	R	A	B	I	E	S	A	O	U	D	I	T	E			J		
	T				I			N				N	A				D		
		U				R			A		A		Q				I		
T		N	R				A	N	A	T	S	I	K	I	J	D	A	T	
U		A		K		J		N	S		S						B		
R		T			M		O	I				I	A				R		
Q	I	S				E	N	R					K	R			E		
U	R	H				A	N		D				Y	E	M		Z		
I	A	K			H			I	N	A	M	O		E	B	E	A		
E	K	A		G					S		N				M	Z	N		
		Z	F							T		I				E	U	I	
		A									A		E				N	O	E
		K			L	I	B	A	N			N							

Solutions des mots mêlés

Mots mêlés Prénoms commençant par B p. 362

	E																		
	N				B		E	E							N				
	U				O		T							E					
	R				R	S	T						I						
	B				I		I			B	E	T	H	A	N	I	E		
	R			T	S		G				S								
		A	P				I			A									
		A	Z				R		B		B	E	N	J	A	M	I	N	
	B			A	B		B					N	R			B			
					H	R					I	E			E	L			
B						T	I			D	G			N		A			
A				B			L	C	R	N		N	E	E		N			
R				O				A	E		N	D		L		C			
B				B			N	R	B	A	I			I		H	T		
A				B		R	E		Y	C				S		E	I		
R				Y	E	B	E	R	T	R	A	N	D	A			O		
A							B	E						B			N		
							A	I	H	A	B						E		
																	B		

Mots mêlés Présidents français p. 404

					Y	V	E	R	G		D								
											O	Y	T	O	C				
N					C			D			U								
U				E		A			N		M							Y	
R				R		A	R			A	E				D		Z		
B				A		U		I			R			O		O			
E				C		R			H			E	U		K		F		
L	S			N	L	I				C		M	L	R		A			
	R			I		O					E	H	A	L	U		M		
	E			O		L	U			R		S	O	R	I	I			
	I			P				B	G				E	L	T	M			
	H							U	E					T	L				
	T						E			T			E			A			
			D	E	S	C	H	A	N	E	L	R	Z				N		
										C	R							D	
	F	A	L	L	I	E	R	E	S	A	P	O	M	P	I	D	O	U	E
									N	R									
								D		N	O	R	C	A	M				
										O									
										T									

Solutions des mots mêlés

Mots mêlés Primates p. 446

													M	C					
	N											A		A					
	I										C			L					
	U	R		B	V			I	K	A	S	U		L					
D	O	U	C	O		E			Q		O			I					
	G	E		N			R	U		R				C					
	A	L		O			E	V	E					E					
T	S	R		B				D	E					B					
A		U	I	O			N			T				E					
R		H	T			A							N						G
S		N	I		U				A	V	A	H	I					I	S
I		I	T	O									C				B		
E		R	S	E	Z	N	A	P	M	I	H	C	U			B			C
R		A	I										P		O			A	
		M	U										A	N	P		T		
		A	O				B	A	N	D	A	R	C	A		S			
		T											T		U				
												A		O					
											S		M						
												I	N	D	R	I			

Mots mêlés Synonymes de liberté p. 484

	A	I	S	A	N	C	E	T	U	A	V	I	R	P					
					E	S	S	E	I	D	R	A	H						
		L	A	T	I	T	U	D	E										
				P				R					I						
				O				O					N						
				S				I					D	E			F		F
				S				T					E	R			A		A
E	T	I	L	I	B	I	N	O	P	S	I	D	P	U			C	I	C
				B									E	T			I	N	U
		N	O	I	T	A	R	E	B	I	L	A	N	L			L	T	L
				L								U	D	O			I	I	T
				I					D			D	A	V			T	M	E
	N			T			X	I				A	N	N			E	I	
	O			E		I	S					C	C	I				T	
	D				O	P						E	E	S				E	
	N			H	E									E					
	A	E	C	N	A	R	V	I	L	E	D			D					
	B		S																
	A	E				A	U	T	O	N	O	M	I	E					

Solutions des mots mêlés

Mots mêlés Villes américaines p. 524

A				L							S								
	H				A					A			N	E	W	Y	O	R	K
		A				S			N										
			M				V	F						N	I	T	S	U	A
S				O			R	E					B	O	S	T	T	O	N
	U	E	L	T	T	A	E	S	G			A	D	E	T	R	O	I	T
		B			N					A	L						M		
			M	C	N	O	S	C	U	T	S						I		
			I	U					I								A		S
		S			L			M	R	E	V	N	E	D			M	O	I
	C					O	O										I	G	L
O						R	C	S	A	C	R	A	M	E	N	T	O	A	O
					E													C	P
D						S	L	O	S	A	N	G	E	L	E	S	M	I	A
A	N	O	T	G	N	I	H	S	A	W							E	H	E
L																	S	C	N
L			A	T	L	A	N	T	A								A		N
A		H	O	U	S	T	O	N											I
S																			M
						E	I	H	P	L	E	D	A	L	I	H	P		

Mots mêlés Voilier p. 558

			C	A	P										V				
															O				
			E			E									I				
			U			U			E	L	L	I	M		L				
			Q			G									E	C	O	F	
			A			R	E	N	N	A	P	M	E						
			T			A		E					A						
			S			L		D						T					
			A					R	B	A	L	A	N	C	I	N	E		
			B		R	E	Y	O	V	U	O	L					E		S
								C	R							U			A
						E			E			A			O				R
							S		S			F		R			L		A
								S	S			F	P				O		T
									I			A					F		A
									H	R		L				E	E		P
							G	U	I	N	D	E	A	U		G	R		
												R				U			
																A			
																J			

Solutions des mots mêlés

Mots mêlés Voyages p. 568

												M				C		E	
											O					I		T	
						L				N					C	R		I	
					I				D						A	C		L	
	N		E	B				E	E		N				M	U	M	O	
	O	L	E		M				S		O				P	I	E	S	
	I	R				O			T		I				A	T	R	N	
	T		E			P	N		I		S				G			I	E
E	A		G			L		T	N		A				N				R
	R		I			A			A		V	D			E	P			U
	O		E		S	G			T	G	E		N		L				T
	L		N		O	E			I	C	N			O					N
E	P				L				O			E	N		C				E
R	X				E			U	N			G				E			V
U	E				I		V				E						S		A
T					L	E				E									
L					R														
U				T			B	A	L	A	D	E							
C			E																
		S																	

Solutions des sudokus

Sudoku p. 29

9	2	1	7	3	6	4	5	8
6	3	5	8	4	1	2	9	7
7	4	8	9	2	5	6	1	3
2	5	3	4	9	7	1	8	6
4	1	6	5	8	3	7	2	9
8	7	9	1	6	2	5	3	4
3	6	4	2	1	9	8	7	5
1	9	7	6	5	8	3	4	2
5	8	2	3	7	4	9	6	1

Sudoku p. 55

5	1	7	4	9	2	6	3	8
6	9	8	5	3	1	2	4	7
4	2	3	7	6	8	9	5	1
7	4	9	8	2	5	1	6	3
1	3	6	9	4	7	8	2	5
2	8	5	6	1	3	7	9	4
9	7	4	1	5	6	3	8	2
8	6	2	3	7	4	5	1	9
3	5	1	2	8	9	4	7	6

Sudoku p. 87

2	6	1	3	9	8	4	7	5
9	7	4	1	6	5	8	2	3
5	8	3	4	2	7	9	6	1
1	2	8	6	5	9	7	3	4
6	3	7	2	4	1	5	9	8
4	9	5	8	7	3	6	1	2
7	1	9	5	3	4	2	8	6
8	5	2	7	1	6	3	4	9
3	4	6	9	8	2	1	5	7

Sudoku p. 107

7	6	5	1	8	3	4	9	2
3	8	2	4	9	7	5	1	6
9	4	1	5	2	6	3	7	8
6	5	4	7	1	8	2	3	9
8	3	7	2	6	9	1	4	5
2	1	9	3	4	5	6	8	7
1	7	6	8	3	2	9	5	4
4	9	8	6	5	1	7	2	3
5	2	3	9	7	4	8	6	1

Sudoku p. 137

1	9	2	8	3	7	5	6	4
8	4	3	2	6	5	1	9	7
6	7	5	4	9	1	8	3	2
4	3	1	7	8	9	2	5	6
9	5	8	6	1	2	4	7	3
2	6	7	5	4	3	9	8	1
7	1	6	9	2	8	3	4	5
3	8	4	1	5	6	7	2	9
5	2	9	3	7	4	6	1	8

Sudoku p. 155

3	4	9	2	5	6	7	8	1
7	6	1	3	8	9	5	4	2
5	2	8	4	7	1	6	9	3
9	8	2	1	6	7	4	3	5
6	5	4	9	3	8	1	2	7
1	3	7	5	4	2	9	6	8
4	1	6	8	2	5	3	7	9
2	9	3	7	1	4	8	5	6
8	7	5	6	9	3	2	1	4

Solutions des sudokus

Sudoku p. 189

6	2	4	7	5	1	8	9	3
8	3	7	6	9	4	2	5	1
1	5	9	3	8	2	4	7	6
4	9	8	5	6	3	1	2	7
7	1	5	4	2	9	6	3	8
3	6	2	8	1	7	9	4	5
9	7	3	1	4	6	5	8	2
5	4	6	2	7	8	3	1	9
2	8	1	9	3	5	7	6	4

Sudoku p. 215

6	3	9	4	2	8	1	5	7
8	1	2	5	6	7	9	4	3
4	5	7	9	3	1	2	6	8
9	8	6	7	1	5	3	2	4
2	4	1	3	8	6	7	9	5
5	7	3	2	9	4	8	1	6
3	9	4	8	5	2	6	7	1
1	2	5	6	7	3	4	8	9
7	6	8	1	4	9	5	3	2

Sudoku p. 241

6	7	1	9	2	5	3	8	4
3	9	5	6	4	8	7	2	1
8	2	4	1	7	3	5	9	6
2	8	6	5	9	1	4	3	7
5	1	3	4	8	7	2	6	9
9	4	7	2	3	6	8	1	5
7	6	8	3	1	4	9	5	2
4	5	9	8	6	2	1	7	3
1	3	2	7	5	9	6	4	8

Sudoku p. 267

7	2	8	5	3	4	9	1	6
9	6	5	2	1	8	7	4	3
4	1	3	6	9	7	8	2	5
1	4	2	8	6	9	3	5	7
8	5	9	1	7	3	4	6	2
6	3	7	4	2	5	1	8	9
3	8	6	7	4	2	5	9	1
2	7	4	9	5	1	6	3	8
5	9	1	3	8	6	2	7	4

Sudoku p. 293

4	5	2	6	8	7	9	3	1
9	8	6	3	5	1	4	2	7
1	3	7	2	9	4	5	6	8
8	6	1	7	2	9	3	5	4
5	2	4	1	3	8	7	9	6
7	9	3	4	6	5	1	8	2
6	4	8	9	1	3	2	7	5
2	7	9	5	4	6	8	1	3
3	1	5	8	7	2	6	4	9

Sudoku p. 319

6	1	9	2	4	8	5	7	3
2	3	4	5	7	1	6	8	9
5	7	8	9	3	6	4	1	2
7	4	5	1	9	2	3	6	8
3	8	2	6	5	4	7	9	1
9	6	1	7	8	3	2	4	5
8	2	6	3	1	7	9	5	4
1	5	3	4	6	9	8	2	7
4	9	7	8	2	5	1	3	6

Solutions des sudokus

Sudoku p. 345

8	7	9	2	1	5	4	3	6
4	5	3	9	7	6	8	1	2
6	1	2	4	8	3	5	7	9
3	4	7	5	6	1	2	9	8
5	2	8	3	9	7	6	4	1
9	6	1	8	2	4	3	5	7
7	9	4	6	3	8	1	2	5
2	8	5	1	4	9	7	6	3
1	3	6	7	5	2	9	8	4

Sudoku p. 373

5	1	7	9	6	8	2	4	3
6	4	3	5	2	1	8	9	7
8	9	2	3	7	4	1	5	6
3	2	8	7	1	9	4	6	5
9	6	1	4	5	3	7	8	2
4	7	5	6	8	2	3	1	9
7	3	4	8	9	6	5	2	1
2	5	6	1	4	7	9	3	8
1	8	9	2	3	5	6	7	4

Sudoku p. 399

2	7	1	3	6	4	9	5	8
9	6	8	7	1	5	2	3	4
5	4	3	2	8	9	7	1	6
3	1	9	4	7	6	8	2	5
8	5	4	9	2	3	1	6	7
6	2	7	8	5	1	3	4	9
4	3	2	6	9	7	5	8	1
1	9	6	5	3	8	4	7	2
7	8	5	1	4	2	6	9	3

Sudoku p. 423

2	8	9	7	1	3	4	5	6
1	7	4	2	5	6	8	3	9
3	6	5	9	4	8	7	1	2
6	3	1	8	7	9	5	2	4
7	4	8	5	2	1	6	9	3
5	9	2	6	3	4	1	7	8
9	5	7	4	6	2	3	8	1
8	1	6	3	9	5	2	4	7
4	2	3	1	8	7	9	6	5

Sudoku p. 451

3	6	5	9	7	1	8	2	4
4	1	9	8	3	2	7	5	6
8	7	2	4	6	5	3	1	9
2	5	4	1	8	6	9	3	7
1	3	8	7	2	9	4	6	5
6	9	7	3	5	4	2	8	1
9	2	1	5	4	8	6	7	3
5	8	3	6	9	7	1	4	2
7	4	6	2	1	3	5	9	8

Sudoku p. 475

1	2	9	6	3	8	4	5	7
7	8	5	1	4	9	2	6	3
6	4	3	7	2	5	1	9	8
9	5	1	3	6	7	8	4	2
3	7	8	4	5	2	9	1	6
2	6	4	8	9	1	7	3	5
4	1	6	2	7	3	5	8	9
5	3	2	9	8	4	6	7	1
8	9	7	5	1	6	3	2	4

Solutions des sudokus

Sudoku p. 497

5	8	6	7	2	3	1	4	9
9	1	3	8	5	4	6	2	7
7	4	2	6	9	1	5	3	8
2	7	5	1	3	8	9	6	4
6	3	8	9	4	7	2	1	5
1	9	4	5	6	2	7	8	3
3	5	9	2	8	6	4	7	1
4	2	7	3	1	5	8	9	6
8	6	1	4	7	9	3	5	2

Sudoku p. 531

9	3	7	5	1	2	8	4	6
8	4	1	6	3	9	7	5	2
2	6	5	8	4	7	9	3	1
7	9	3	1	2	4	6	8	5
5	2	8	7	6	3	4	1	9
4	1	6	9	8	5	2	7	3
3	5	9	2	7	8	1	6	4
6	8	4	3	9	1	5	2	7
1	7	2	4	5	6	3	9	8

Solutions des mots croisés

Mots croisés p. 50

	I	II	III	IV	V	VI	VII	VIII
1	A	M	A	D	I	N	E	S
2	M	E	C	A	N	I	S	A
3	A	H	■	B	■	E	■	N
4	D	O	P	A	I	E	N	T
5	O	U	I	S	■	S	■	O
6	U	D	S	■	A	■	A	N
7	A	I	S	E	R	E	Y	■
8	I	N	A	■	A	N	S	E

Mots croisés p. 78

	I	II	III	IV	V	VI	VII	VIII
1	B	I	Z	A	R	R	E	S
2	L	R	■	R	E	A	U	■
3	A	I	C	H	A	M	E	S
4	B	A	L	A	I	E	■	A
5	L	R	■	N	E	R	E	S
6	A	T	■	S	N	■	R	■
7	T	E	N	U	T	O	S	■
8	A	■	E	S	■	R	E	A

Mots croisés p. 140

	I	II	III	IV	V	VI	VII	VIII
1	C	R	I	M	I	N	E	L
2	O	N	D	U	L	E	R	A
3	A	I	E	S	■	E	S	■
4	C	S	■	T	M	■	■	E
5	C	■	F	A	E	N	A	S
6	U	Z	A	N	■	B	U	T
7	S	R	■	G	O	■	X	E
8	E	■	■	S	C	■	Y	■

Mots croisés p. 234

	I	II	III	IV	V	VI	VII	VIII
1	C	I	A	B	A	T	T	A
2	I	N	A	U	G	U	R	A
3	N	D	■	E	■	A	I	S
4	E	U	H	■	C	I	■	■
5	S	R	■	C	I	■	L	A
6	H	E	G	E	L	I	E	N
7	O	R	A	L	■	Z	■	E
8	P	A	I	E	M	E	N	T

Mots croisés p. 358

	I	II	III	IV	V	VI	VII	VIII
1	P	U	B	L	I	Q	U	E
2	O	R	I	A	N	I	■	X
3	C	A	S	S	A	N	T	E
4	H	E	■	■	■	■	R	G
5	A	T	T	I	E	D	I	E
6	D	E	U	X	■	R	A	S
7	E	S	B	A	U	D	I	E
8	S	■	S	I	D	A	■	■

Solutions des mots croisés

Mots croisés p. 414

	I	II	III	IV	V	VI	VII	VIII
1	I	K	A	S	T	O	L	A
2	N	O	C	E	U	S	E	S
3	F	I	E	N	T	A	I	■
4	E	N	S	■	S	■	A	I
5	C	E	■	D	I	A	■	S
6	O	S	A	I	■	T	■	O
7	N	■	I	C	T	U	S	■
8	D	E	T	O	U	R	N	E

Mots croisés p. 456

	I	II	III	IV	V	VI	VII	VIII
1	M	Y	A	L	G	I	E	S
2	U	U	B	■	U	R	T	■
3	S	A	U	C	A	M	E	S
4	I	N	■	U	■	A	N	E
5	C	S	■	A	H	■	D	■
6	I	■	E	D	E	N	■	A
7	E	X	T	R	U	D	A	I
8	N	I	■	O	R	■	R	E

Mots croisés p. 512

	I	II	III	IV	V	VI	VII	VIII
1	A	V	O	G	A	D	R	O
2	V	E	N	A	I	S	■	R
3	A	R	T	I	X	■	A	G
4	C	R	■	E	■	O	B	A
5	H	A	I	M	E	S	■	N
6	I	N	F	E	R	A	I	■
7	E	N	■	N	I	T	■	S
8	S	E	■	T	C	■	V	E

Mots croisés p. 554

	I	II	III	IV	V	VI	VII	VIII
1	O	J	I	B	W	A	Y	S
2	U	■	■	I	■	L	I	E
3	V	U	L	C	A	I	N	S
4	R	N	I	S	■	E	S	■
5	A	I	E	■	A	N	■	B
6	G	A	D	E	L	I	E	R
7	E	T	■	R	E	E	■	O
8	S	E	B	R	A	Z	A	C

Mots croisés p. 572

	I	II	III	IV	V	VI	VII	VIII
1	T	C	H	A	P	A	L	O
2	C	R	A	B	O	T	E	R
3	H	A	M	E	L	■	■	E
4	A	Y	■	R	I	C	H	I
5	D	O	U	R	O	S	■	L
6	I	N	■	A	S	■	A	L
7	E	N	V	I	■	V	I	E
8	N	A	U	S	E	E	S	■

Solution du jeu des 7 différences

p. 213

Allez vite sur
la page FACEBOOK
du WC-BOOK !

Rejoignez la communauté sur votre smartphone et partagez des moments de délires inédits avec d'autres WC Bookers.

Des jeux, des quiz, des blagues, des astuces, des anecdotes, des chiffres, des questions à la con, des peopleries et tant d'autres rubriques à partager avec vos amis sur **Facebook !**

Défiez-les sans tarder, les fous rires sont assurés !

Assis aux toilettes, restez connecté avec le monde extérieur !

Marie Dewulf

Ses horoscopes, précis et toujours détaillés, apparaissent depuis de nombreuses années dans la presse écrite ou sur diverses antennes comme Europe 2, Voltage FM, etc.

Astrologue de renom, Marie Dewulf anime également des conférences sur le développement personnel : comment vaincre sa timidité, gérer son stress, guérir ses blessures intérieures, interpréter ses rêves pour mieux se comprendre, etc.

Marie Dewulf
01 73 73 22 61
06 87 48 54 93